Francine Pascal

Les jumelles de Sun Valley

Les jumelles et le mal-aimé

Traduit de l'américain par Marianne Costa
Illustrations d'Annie-Claude Martin

HACHETTE
Jeunesse

RETROUVEZ *LES JUMELLES*
DANS LA BIBLIOTHÈQUE ROSE

Ma sœur, mon amie
La préférée
La maison hantée
Haut les cœurs!
Top secret
La nouvelle
Mary pot-de-colle
Pour l'amour d'un pur-sang
Le drame
A cœur battant
Coupable ou innocente?
Le secret partagé
Quand les jumelles s'en mêlent
Jumelle contre jumelle
Une jumelle bien cachottière
Les jumelles et le mal-aimé
Championnes, les jumelles!
Ma jumelle exagère

L'ÉDITION ORIGINALE DE CE ROMAN
A PARU EN LANGUE ANGLAISE
CHEZ BANTAM BOOKS, INC., NEW YORK,
DANS LA COLLECTION SWEET VALLEY TWINS™.
SOUS LE TITRE :

SECOND BEST

Hachette Livre, 43, quai de Grenelle, 75015 Paris.

Chapitre 1

Jessica et Elizabeth Wakefield firent irruption au même moment dans la cuisine de style espagnol où leur mère les attendait.

« Maman, tu ne devineras jamais... » s'écrièrent-elles d'une seule voix. Chacune était si pressée de parler et si excitée qu'elles éclatèrent de rire en même temps.

Devant tant d'enthousiasme, Alice Wakefield sourit à ses deux filles. Les jumelles se ressemblaient comme deux gouttes d'eau : elles avaient les mêmes cheveux blonds, les mêmes yeux bleu-vert et la même petite fossette à la joue gauche.

Mais les cheveux de Jessica tombaient librement en boucles souples sur les épaules alors qu'Elizabeth préférait attacher sagement les siens à l'aide de deux barrettes dorées. Cette différence de coiffure aurait suffi à un observateur avisé pour deviner que les deux jumelles possédaient des caractères très différents.

« Ecoute un peu, maman ! s'exclama Elizabeth. L'Etat organise un grand concours de nouvelles réservé aux moins de quinze ans...

— Barbara Haver donne une fête gigantesque pour son anniversaire ! interrompit Jessica.

— Le sujet du concours est la liberté d'expression et le gagnant recevra une médaille d'or !

— Barbara invite tous les élèves du collège. Ce sera la plus grande fête de l'année...

— Et en plus, il y a un prix de cent dollars, poursuivit Elizabeth.

— Maman, supplia Jessica, il faut absolument que j'assiste à cette fête ! Barbara compte sur moi. »

Mme Wakefield hocha la tête avec indulgence.

« Si vous parliez chacune à votre tour, je pourrais peut-être comprendre de quoi il s'agit ! » dit-elle en souriant.

Mais les jumelles n'eurent pas le temps de s'expliquer. Steven, leur frère aîné, prit la parole.

« En voilà des histoires pour pas grand-chose ! dit-il en trempant sa cuiller dans un pot de crème glacée. Moi, j'ai de grandes nouvelles. Figurez-vous que l'association sportive du lycée organise...

— Oh, Steve, tu nous ennuies avec tes histoires de basket ! interrompit Jessica. Tu ne pourrais pas parler d'autre chose ? »

Elizabeth acquiesça vigoureusement.

« Jess a raison. Depuis que l'équipe junior a gagné le championnat, on ne peut plus avoir la paix. »

Steve venait à peine d'entrer au lycée de Sun Valley mais il était déjà l'espoir numéro un de son équipe de basket-ball.

« Le basket est plus intéressant que vos fêtes à la noix », déclara-t-il d'un air fâché.

Puis, pour se consoler, il s'empara d'une boîte de biscuits. Mais Mme Wakefield fut plus rapide que lui. Elle lui subtilisa la boîte en disant d'un ton sévère :

« Nous dînons dans une demi-heure, Steve. Cesse de manger des sucreries. Et vous, les filles, vous seriez gentilles de mettre la table. Nous parlerons de vos projets pendant le repas. »

Les jumelles se précipitèrent au premier étage. Elizabeth entra dans sa chambre bleue et blanche, et jeta ses livres sur le bureau, puis alla se donner un coup de peigne dans la salle de bains qu'elle partageait avec sa sœur.

« Dépêche-toi, Jess, s'écria-t-elle. Maman compte sur nous ! »

Mais Jessica ne répondait pas. Elizabeth jeta un œil dans la chambre de sa sœur. Le lit était recouvert de vêtements jetés en désordre.

Jusqu'au début de cette année scolaire, les deux sœurs partageaient la même chambre. Le désordre de Jessica irritait beaucoup Elizabeth. Par bonheur, elles avaient maintenant des chambres séparées, et même si la présence de sa sœur manquait parfois à Elizabeth, c'était un véritable soulagement que de rentrer dans une pièce bien rangée.

De même, les intérêts des deux sœurs commençaient à se diversifier. Elles ne s'habillaient plus de la même façon et ne fréquentaient pas les mêmes amis. Elizabeth s'occupait du journal du collège alors que Jessica passait le plus clair de son temps avec l'équipe des majorettes et ses amies du club des Licornes. Mais malgré toutes ces différences, les jumelles restaient les meilleures amies du monde.

Au moment où Elizabeth entra dans sa chambre, Jessica était assise par terre à côté de son lit, la tête entre les mains.

« Qu'est-ce qui t'arrive ? demanda Elizabeth.

— Oh, Lizzie, si maman et papa m'interdisent d'aller à la fête de Barbara, j'en mourrai ! J'ai déjà dit à tout le monde que j'acceptais son invitation... »

Elizabeth était partagée entre la compassion et la méfiance : Jessica s'était déjà attiré de sérieux ennuis à force de mentir.

« Jess, commença-t-elle, tu sais bien que tu t'es déjà mise dans le pétrin lorsque tu as accepté l'invitation de ce garçon du lycée... »

Jessica rougit de honte à ce souvenir peu glorieux. Flattée d'être draguée par un grand du lycée, elle avait accumulé mensonge sur mensonge pour se vieillir... et s'était retrouvée, au bout du compte, dans la situation la plus ridicule qui soit[1].

---

1. Voir *Une jumelle bien cachottière*, dans la même collection.

« Je t'en prie, pas de sermon. J'ai promis que je ne le ferais plus.

— Je croise les doigts pour toi, petite sœur. Je ne peux pas faire mieux. »

Elle prit le bras de sa sœur et toutes deux descendirent à la cuisine. Pendant qu'elles mettaient la table, Mme Wakefield surveillait un poulet rôti dont l'arôme délicieux emplissait toute la maison.

« Voilà papa ! s'exclama Elizabeth en entendant la porte d'entrée s'ouvrir.

— Aïe ! murmura Jessica. Je ne savais pas que papa rentrait dîner ce soir.

— Ne pars pas perdante, lui conseilla Elizabeth. Tu verras bien ce qu'ils diront. »

Les jumelles se mirent à table avec un peu d'appréhension. Elizabeth avait la conscience tranquille, mais elle ne pouvait s'empêcher d'être inquiète pour sa sœur. La fête de Barbara ne serait pas une réussite complète si Jessica n'y était pas.

Quant à Jessica, le nez plongé dans son assiette, elle attendait avec anxiété que ses parents abordent le sujet.

Steve commença par exposer avec entrain le projet de banquet qu'avait formé son association sportive. Puis ce fut au tour d'Elizabeth qui expliqua le règlement du concours de nouvelles auquel elle voulait participer.

« De nombreux élèves du collège vont s'y inscrire ! M. Bowman, notre professeur d'anglais, nous a même promis de faire des heures supplémentaires pour nous conseiller et nous corriger. »

Elizabeth aimait beaucoup M. Bowman, qui supervisait également la rédaction du *Petit Fouineur de Sun Valley,* le journal des sixièmes.

« Ce concours m'a l'air intéressant, commenta M. Wakefield.

— Moi aussi, j'ai quelque chose d'intéressant en vue ! » s'exclama Jessica à l'autre bout de la table.

Elle n'avait pas pu tenir sa langue plus longtemps. Et une fois lancée, rien ne pouvait plus l'arrêter.

« Barbara organise une grande fête, poursuivit-elle. Tous les élèves de cinquième sont invités, plus quelques élèves de sixième... Les plus mûrs, évidemment.

— Alors, sûrement pas toi ! » plaisanta Steve.

Jessica sentit la moutarde lui monter au nez.

« Bien sûr que si, gros malin. Nous sommes invitées, Elizabeth et moi. Les parents de Barbara vont louer des projecteurs, des stroboscopes et même une discothèque mobile !

— Pff ! Un goûter d'enfants, oui », laissa tomber Steve d'un air supérieur.

Mme Wakefield le regarda, la mine fâchée. Puis, se tournant vers son mari, elle déclara :

« Nous avons reçu du courrier ce matin... »

Les jumelles retenaient leur souffle.

« Oui, poursuivit-elle, les bulletins scolaires sont arrivés. »

Elizabeth se rassura. Ses notes étaient toujours excellentes, elle n'avait rien à craindre. Mais Jessica, qui n'avait pas la conscience tout à fait tranquille, blémit aussitôt.

« Et alors ? » murmura-t-elle faiblement.

Si elle avait consenti à faire ses devoirs régulièrement, elle aurait été aussi bonne élève que sa sœur, et elle le savait bien. Mais il y avait tant de choses plus passionnantes dans la vie que le travail scolaire !

« Jessica, dit M. Wakefield, j'ai eu une bien mauvaise surprise, ce matin, lorsque ta mère m'a appelé pour me communiquer tes notes. Si ma mémoire est bonne, tu avais promis de faire un effort.

— C'est vrai. J'ai fait un effort.

— Alors pourquoi tes notes sont-elles toujours aussi médiocres ? »

Toute la famille avait les yeux braqués sur la pauvre Jess qui cherchait désespérément une réponse.

« Je ne sais pas, gémit-elle. Il y a eu les mini-jeux Olympiques, j'ai beaucoup travaillé sur ce projet, souvenez-vous. Vous trouviez tous que c'était une bonne chose.

— Mais enfin, c'était il y a plusieurs semaines ! objecta Steve.

— Et puis vous oubliez ma cheville foulée ! Croyez-vous qu'on puisse travailler facilement avec une cheville foulée ? »

Steve fit mine d'essuyer une larme. Jessica, oubliant qu'elle cherchait à se faire plaindre, lui jeta un regard furibond.

Mais M. Wakefield ne plaisantait pas du tout.

« Toutes ces excuses ne sont que des prétextes. Tu n'as pas assez travaillé, un point c'est tout. En conséquence, ta mère et moi avons décidé que non seulement nous n'abrégerons pas ta punition comme nous comptions le faire, mais nous la prolongerons d'une semaine.

— Quoi ? Mais c'est inhumain ! » s'exclama Jessica au bord des larmes.

Mme Wakefield lui jeta un regard de compassion. Un instant, Jessica crut avoir gagné la partie, mais sa mère demeura inflexible.

« Je suis désolée, ma chérie. Nous t'avions prévenue. »

Elizabeth lança à sa sœur un regard de sympathie, mais Jess était trop absorbée par son malheur pour s'en apercevoir. Elle ne pensait qu'à une chose : avec cette privation de sortie, elle allait manquer la fête de

Barbara. Il fallait qu'elle trouve un moyen d'éviter cette catastrophe.

« Ecoutez, proposa-t-elle, je vous jure que je vais améliorer mes notes. J'étudierai toutes les nuits... »

Aucune trace d'approbation ne parut sur le visage de ses parents. Jessica jeta un regard à sa sœur, et soudain l'idée jaillit.

Le collège de Sun Valley organisait un grand projet au terme duquel les élèves, réunis en groupes de travail, devaient monter de petites sociétés et les faire fonctionner comme de véritables entreprises. Cette opération était notée comme un devoir scolaire et comptait dans la moyenne générale.

« J'ai trouvé ! s'exclama-t-elle. Il y a le projet de fin d'année... Si je travaille dur, je pourrai remonter ma moyenne. »

M. Wakefield n'avait toujours pas l'air convaincu.

« Je ne sais pas si cela changera quelque chose, fit-il d'un air dubitatif.

— Mais si ! intervint Elizabeth. Ce projet est très important. Nous devons y consacrer beaucoup de temps et les professeurs ont même décidé de mélanger les sixièmes avec les cinquièmes pour constituer les groupes de travail.

— Vraiment ?

— Vraiment, papa. »

Jessica sauta sur l'occasion.

« Donne-moi seulement deux semaines de liberté, et si tu ne vois pas d'amélioration, tu pourras me punir à nouveau. Je te promets que je serai sage.

— D'accord, déclara M. Wakefield. Je te donne deux semaines, pas un jour de plus. »

Jessica jubilait. Qu'elle obtienne ou non de bonnes notes au terme de ce projet, elle irait à la fête de Barbara.

« Tu ne seras pas déçu », promit-elle à son père.

Mme Wakefield se leva de table pour aller chercher le dessert. Steve, un peu agacé que sa sœur ait obtenu si aisément satisfaction, comptait se rattraper sur le gâteau.

« J'en veux un gros morceau ! » s'écria-t-il en courant derrière sa mère.

Elizabeth se pencha pour effleurer l'épaule de sa sœur.

« Je t'aiderai si tu veux, Jess, souffla-t-elle. J'ai déjà de bonnes idées pour ce projet.

— Merci, Lizzie, mais je n'aurai sans doute pas besoin de ton aide. J'aurai sûrement les Licornes dans mon groupe de travail, et ensemble, nous serons les meilleures. »

Elizabeth ne put retenir une moue dubitative. Le club des Licornes, dont Jessica faisait partie, rassemblait les filles les plus coquettes du collège de Sun Valley.

Elles avaient choisi la Licorne comme emblème car elles se croyaient aussi fascinantes que cet animal légendaire, mais Elizabeth n'était vraiment pas de cet avis. Elle n'appréciait ni la paresse, ni les interminables conversations de ces filles qui ne pensaient qu'à s'acheter des vêtements et à organiser des fêtes. En tout cas, elles n'étaient pas les élèves les plus brillantes du collège, loin de là...

« Es-tu bien sûre de te trouver dans le même groupe que tes copines ? demanda-t-elle à Jessica. Ce sont les professeurs qui décident...

— Je m'arrangerai, ne t'en fais pas pour moi. On demandera à être avec Bruce Patman, Jerry MacAllister et aussi avec MacKay, ce nouveau qui est si mignon, tu sais ?

— Tu veux parler de Dylan MacKay ? » demanda Elizabeth.

Jessica gloussa.

« Oh ! là ! là ! sûrement pas ! Dylan MacKay est le type le plus coincé et le plus ennuyeux que je connaisse. Non, je te parle de son frère Tom. »

Elizabeth considéra sa sœur d'un air soucieux. Si elle comptait sur le projet de fin d'année pour lier connaissance avec de nouveaux garçons, elle ne risquait guère d'obtenir de bonnes notes.

« J'espère que tout marchera comme tu le souhaites, Jess. Mais fais attention. Papa et maman s'attendent vraiment à ce que tu fasses des progrès.

— Ta sœur a raison, intervint M. Wakefield. Nous comptons sur toi pour t'investir à fond dans ce projet.

— Mais bien sûr, papa ! s'écria Jessica. Ça ne m'empêchera pas de m'amuser par-dessus le marché.

— J'espère que tu sais ce que tu fais », murmura Elizabeth comme pour elle-même.

Décidément, il n'y avait que Jessica pour transformer le projet de fin d'année du collège de Sun Valley en un événement mondain !

Chapitre 2

Le mardi matin, Elizabeth était attablée devant un bol de céréales lorsque sa mère entra dans la cuisine.

« Mais où est passée Jessica ? demanda Mme Wakefield. Il est bientôt l'heure de partir, et elle n'a pas encore pris son petit déjeuner !

— Elle était dans la salle de bains lorsque je suis descendue », fit Elizabeth en haussant les épaules.

Mme Wakefield regarda sa montre.

« Je dois me rendre en ville, j'ai rendez-vous avec un client. Je vais vous déposer au collège, sans quoi vous serez en retard. »

Mme Wakefield était décoratrice d'intérieur et travaillait à mi-temps pour une entreprise locale.

Elizabeth acquiesça, tout en léchant une goutte de sirop d'érable sur sa cuiller.

« Je vais monter lui dire de se dépêcher, si tu veux. »

En montant au premier, elle trouva Jessica plongée dans son placard à vêtements.

« Dépêche-toi, Jess. Nous allons être en retard au collège !

— J'arrive ! » répondit Jessica sans se retourner.

Un instant plus tard elle resurgit, chargée d'une pile de vêtements qu'elle jeta sur le lit en les regardant avec dégoût.

« Qu'est-ce que tu fabriques ? » lui demanda sa sœur. Il y a là tous les vêtements que tu détestes : ce pull vert que tante Mary t'a offert pour Noël, et cette jupe rose trop petite.

— Justement ! s'exclama Jessica d'un air supérieur. J'ai eu une idée géniale...

— Ecoute, l'interrompit Elizabeth, si tu ne te dépêches pas, nous allons avoir des ennuis.

— Ce que tu peux être rabat-joie ! » soupira Jessica en ramassant ses livres.

Mais l'avertissement d'Elizabeth avait porté ses fruits : cinq minutes plus tard, les jumelles étaient dans la voiture de leur mère et arrivaient en vue du collège. Jessica, très animée, demandait à sa mère la permission de donner ses vêtements devenus trop petits, pour le projet de fin d'année.

« Bien sûr, Jess, répondit Mme Wakefield. Si cela peut être utile à ton projet, je n'y vois pas d'inconvénient. Je suis contente que tu te sentes aussi concernée par la vie scolaire. »

Jessica hocha la tête d'un air hypocrite. Elizabeth ne pouvait s'empêcher de la regarder avec suspicion, mais elle attendit d'être sortie de la voiture pour lui parler.

« Dis donc, Jess, ce pull vert n'est pas trop petit pour toi !

— C'est vrai, mais j'en profiterai pour jeter quelques affaires que je n'aime pas. Ça me donnera une bonne excuse pour acheter de nouveaux vêtements ! »

Jessica n'avait pas l'air de regretter le mensonge qu'elle venait de faire à sa mère. Elizabeth soupira.

« Mais il y a une autre chose que je ne comprends pas. Quel est ton projet, exactement ? En quoi tes vieux vêtements peuvent-ils être utiles ?

— Tu verras... Tiens, voilà Lila et Ellen ! »

Les deux amies de Jessica s'approchèrent et Elizabeth fut sur le point de s'éloigner comme elle le faisait d'habitude. Mais son envie de connaître l'idée de Jessica fut la plus forte. Elle resta.

Ellen Riteman sautillait sur place avec animation.

« Salut, Jessica ! Attends un peu d'avoir vu la nouvelle robe que Lila a achetée pour la fête chez Barbara. C'est la robe la plus fabuleuse que j'aie jamais vue ! Dedans, Lila a l'air d'avoir au moins seize ans ! »

Lila souriait d'un air modeste.

« Et toi, Jessica, est-ce que tu vas acheter une nouvelle tenue pour cette fête ? » demanda-t-elle.

Tout le monde savait que le père de Lila Fowler était parmi les hommes les plus riches de Sun Valley. Il gâtait énormément sa fille pour se faire pardonner le peu de temps qu'il passait avec elle, de sorte que Lila portait pratiquement une nouvelle tenue chaque jour.

Jessica fronça les sourcils. Ce n'était vraiment pas juste... Mais après tout, Lila était son amie et elle ne pouvait pas lui en vouloir, même si elle l'enviait.

« Je n'ai pas encore demandé à ma mère,

dit-elle d'un air dégagé. A vrai dire, je pensais à autre chose. J'aimerais que les Licornes se rassemblent aujourd'hui pour que nous parlions de ce projet de fin d'année, vous savez ? »

Ses deux amies la regardaient bouche bée. Préférer un projet éducatif à une conversation sur les fringues n'était pas du tout le genre de Jessica.

« Qu'est-ce qui te prend ? » demanda Lila avec hauteur.

Jessica réfléchit rapidement. Devait-elle avouer que ses parents menaçaient de lui interdire toute sortie si elle ne parvenait pas à améliorer sa moyenne ? Il ne valait mieux pas. Lila ne comprendrait pas ces motifs : personne ne lui interdisait jamais rien...

« Eh bien, commença-t-elle, je crois que nous pourrions tirer profit de ce projet. Vous savez que nous sommes censées créer une mini-entreprise au sein du collège ? Eh bien, je propose que nous ouvrions une boutique de vêtements. »

Ellen écarquilla les yeux et Lila elle-même eut l'air impressionnée.

« C'est une idée géniale ! s'exclama Elizabeth. Je te félicite, petite sœur.

— Je crois que les professeurs seront assez impressionnés, reconnut Jessica. Nous construirons une baraque que nous décorerons, et les élèves viendront nous acheter des vêtements. Nous serons les vedettes du collège !

— Mais où comptes-tu trouver les vêtements ? demanda Ellen, intriguée.

— Eh bien, tout simplement... dans nos placards ! Nous n'aurons qu'à nous débarrasser des trucs que nous trouvons trop petits ou passés de mode. Tout le monde n'est pas aussi élégant que nous. Les autres élèves vont se jeter sur nos vieux vêtements ! »

Elizabeth se rembrunit. Elle n'aimait pas voir Jessica méprisante, mais Lila et Ellen souriaient, nullement gênées.

« Tu as raison, Jessica, déclara Lila. On va bien s'amuser. Et moi qui me rendais malade à l'idée de ce projet de fin d'année !

— Nous aurons les Licornes dans notre groupe de travail, ce sera vraiment un plaisir, promit Jessica. Et nous réquisitionnerons tous les garçons mignons, comme Bruce Patman, et MacKay, le nouveau...

— Tom MacKay ? susurra Lila. Quelle bonne idée ! Il vient juste d'être élu président du club de tennis. Il mérite tout à fait de travailler avec les Licornes. Mais son frère, alors, rien à voir ! Plus coincé, tu meurs...

— Oh ! là ! là ! Ne m'en parle pas ! Qui voudrait de Dylan MacKay dans son groupe ? » pouffa Jessica.

Puis, se tournant vers sa sœur, elle ajouta avec un sourire :

« Tu peux venir travailler avec nous si tu veux, Lizzie. »

Elizabeth secoua la tête avec indulgence.

« Non merci, Jess. Je préfère attendre de savoir ce que nos professeurs auront décidé. Et d'ailleurs, j'ai également une idée... »

La cloche sonna et les quatre filles bondirent sur leurs pieds.

« Il faut que j'y aille. A tout à l'heure », s'écrira Elizabeth en courant vers sa classe.

Mais Jessica était si occupée à discuter de son projet avec ses amies qu'elle ne l'entendit même pas.

Chapitre 3

La matinée passa en un éclair, si bien qu'Elizabeth n'eut pas le temps d'aller voir ses camarades pour leur parler de son projet. A l'heure du déjeuner, elle se précipita à la cafétéria pour y retrouver Julie Porter et Amy Sutton, ses deux meilleures amies. Mais à mi-chemin, elle s'aperçut qu'elle avait laissé son classeur dans la salle. Elle revint sur ses pas.

Il y avait deux garçons dans la classe en train de se disputer avec violence. Elizabeth s'arrêta dans l'embrasure de la porte.

« Fiche-moi la paix, criait l'un. Je te dis que je ne veux pas !

— Mais pourquoi ? Viens, tu verras que cette réunion sera passionnante », répondait l'autre.

Elizabeth reconnut le garçon qui venait de parler : il s'agissait de Tom MacKay. Bien que récemment arrivé à Sun Valley, Tom était déjà très populaire. Toutes les filles de sixième s'accordaient à le trouver vraiment mignon. A la fois sportif accompli et bon élève, il possédait en outre un solide sens de l'humour.

L'autre garçon se retourna et Elizabeth reconnut Dylan MacKay, le frère aîné de Tom. Dylan était en cinquième. Maigre et dégingandé, il semblait mal à l'aise à côté de son jeune frère.

« J'en ai assez ! fulminait Dylan. Tu n'as pas à me dire ce que je dois faire. »

Tom rougit.

« Ne te mets pas en colère, Dylan. Je voulais seulement...

— Je ne veux pas le savoir ! Je suis ton aîné, après tout. Qui te permet de me dicter ma conduite ?

— Je pensais seulement que ça pourrait te faire plaisir.

— Pourquoi veux-tu que j'aille à une réunion du conseil des élèves ? poursuivit amèrement Dylan. Bien sûr, toi, on t'a élu délégué. Mais moi, personne ne me connaît, et d'ailleurs ça ne m'intéresse pas. Alors fiche-moi la paix !

— Cette réunion est ouverte à tout le monde, répondit Tom avec calme. Tu pourrais te rendre utile, préparer des affiches, te faire des amis... »

Dylan décocha un coup de pied dans le bureau du professeur.

« Je n'ai pas envie de me faire des amis, marmonna-t-il. Toi, tu es cool et sympa, tout le monde t'aime bien. Moi, je suis l'idiot de la famille. C'est comme ça.

— Ne parle pas ainsi de toi, Dylan », fit Tom avec gêne.

Elizabeth se sentait très mal à l'aise. Elle n'aimait pas être indiscrète, mais il fallait bien qu'elle retrouve son classeur. Soudain, Tom fit mine de se diriger vers la sortie.

« Je vais déjeuner, dit-il à son frère. Tu viens avec moi ?

— J'arrive. »

Le sang d'Elizabeth ne fit qu'un tour. Elle prit une inspiration et entra dans la salle, l'air le plus naturel possible, comme si elle venait juste d'arriver. En passant à la hauteur de Tom, elle sourit.

« Salut ! J'ai oublié mon classeur... »

Tom lui rendit son sourire. Ses yeux bleus brillaient de malice et de gentillesse.

« Tu ferais bien de te dépêcher, dit-il. Ce serait dommage de manquer une miette de cette nourriture délicieuse qu'on nous sert à la cafétéria !

— Ça, tu l'as dit ! » répondit Elizabeth en riant.

Elle retrouva tout de suite son classeur. Comme elle se retournait pour sortir, elle croisa le regard de Dylan.

« Bonjour ! » dit-elle d'un air engageant.

Dylan ne répondit même pas.

Elle haussa les épaules et courut à la cafétéria. Si Dylan persistait à se comporter ainsi, il ne risquait pas de se faire des amis !

Le jeune garçon, resté seul dans la salle déserte, se laissa tomber sur une chaise. Les filles jolies et gaies comme Elizabeth Wakefield l'intimidaient au point de le rendre muet. D'ailleurs Elizabeth se moquait bien de lui. Comme toutes les autres, elle lui préférait évidemment son jeune frère.

Dylan avait l'habitude d'être laissé pour compte. Lorsque le professeur d'anglais faisait les interrogations orales d'orthographe, le vendredi, il oubliait systématiquement d'interroger Dylan MacKay. Pourtant, Dylan était bon élève.

De même, lorsque sa classe jouait au baseball ou au basket en cours de gym,

personne ne voulait de lui dans l'équipe.

« Tu ne sais même pas attraper la balle, lui disait-on. Ton petit frère joue mieux que toi ! »

Le pire était qu'ils avaient raison. Tom était un sportif de très bon niveau. Il excellait dans tous les sports. Par exemple, il ne jouait au tennis que depuis quelques mois, mais il battait déjà la plupart des autres élèves.

Pour sa part, Dylan évitait soigneusement les terrains de jeu. Mais même dans la vie courante, il ne se sentait bon à rien. Tom avait toujours une bonne plaisanterie ou une remarque aimable à la bouche, alors que Dylan, incapable d'attirer l'attention de ses camarades, se retrouvait toujours tout seul.

Un profond soupir lui échappa. Maintenant que Tom et Elizabeth étaient sortis de cette classe, il n'avait aucune envie de se rendre à la cafétéria, qui devait être noire de monde. Il préférait attendre un peu. D'ailleurs, il avait d'autres préoccupations.

Il ouvrit son cahier et relut plusieurs pages couvertes de son écriture nerveuse.

Le concours de nouvelles l'attirait au plus haut point. Il n'en avait parlé à personne, mais il aimait beaucoup noter ses pensées et ses impressions sur papier. Cela dit, bien sûr, il n'avait jamais montré ses écrits à personne par peur du ridicule.

Le thème du concours, « la liberté d'expression », le passionnait véritablement. Comme ce devait être terrible de ne pas pouvoir dire ou écrire ce qu'on pensait ! Ce sujet l'inspirait tant qu'il avait déjà noirci plusieurs pages.

En se relisant, il s'aperçut que son travail n'avait pas été vain. Après tout, il était peut-être capable d'obtenir un prix ?

Mais non, ce n'était qu'un rêve. Comment Dylan MacKay aurait-il pu faire quoi que ce soit de bien ?

Elizabeth prit son plateau à deux mains et se fraya un chemin dans la foule. En arrivant devant les grandes tables, elle aperçut sa fidèle amie, Amy Sutton, qui lui avait gardé une place libre.

« Pourquoi es-tu en retard ? demanda Amy.

— J'avais oublié mon classeur. J'ai dû retourner dans la classe. Dis-moi, Amy, est-ce que tu connais Dylan MacKay ? »

Amy fronça les sourcils.

« Qui ça ? Je connais un MacKay, mais il s'appelle Tom. Un blond aux yeux bleus, très mignon, qui est dans ma classe en maths.

— Non, je te parle de son frère Dylan. Il est en cinquième, je crois. Un peu plus grand que Tom, avec des cheveux châtains et des lunettes rondes.

— Ah, lui... Je vois de qui tu veux parler. Il n'arrive pas à la cheville de son frère ! C'est un vrai ours, il ne parle jamais à personne. »

Elizabeth restait songeuse. La scène qu'elle avait surprise accidentellement l'avait touchée, elle ressentait de la sympathie pour ce garçon un peu bizarre et solitaire. Peut-être souffrait-il tout simplement de n'être pas aussi populaire que son frère.

Mais Amy avait des sujets plus importants à discuter.

« Alors, as-tu pensé à quelque chose pour le projet de fin d'année ? »

Elizabeth réfléchit un instant, trempa une frite dans le ketchup et mordit dedans.

« Ma sœur a eu une bonne idée. Elle veut ouvrir une boutique. »

Amy prit l'air catastrophé.

« Une boutique de vêtements ? Mais ce n'est pas intéressant du tout ! J'espère que tu as d'autres projets en tête.

— Jessica m'a proposé de travailler avec elle mais je n'ai rien promis.

— De toute façon, reprit Amy, ce sont les professeurs qui formeront les groupes.

— Je le sais bien, mais tu connais ma sœur. Elle se pense capable d'imposer sa volonté aux professeurs.

— Je crois surtout que Jessica obtient trop facilement ce qu'elle veut », marmonna Amy.

Elizabeth sourit. Combien de fois sa jumelle n'avait-elle pas réussi à lui faire faire ses quatre volontés !

« Tu sais, elle peut être terriblement

convaincante. Elle a tant de charme ! Il ne faut pas lui en vouloir, elle est comme ça.

— Tout ce que j'espère, c'est que toi et moi nous serons dans le même groupe », soupira Amy.

Elle planta une paille dans son carton de lait et but une gorgée.

« Dis-moi, reprit-elle, est-ce que tu as fini d'écrire ta nouvelle ? Tu sais, pour le concours...

— Presque. J'y ai travaillé pendant trois jours. Je pense avoir fini demain.

— Je suis sûre que tu as une chance de gagner. Tu écris si bien. »

Elizabeth eut un sourire modeste.

« Merci, Amy. J'ai fait de mon mieux, mais il y a beaucoup d'autres bons élèves. M. Bowman m'a dit que le texte écrit par Tom MacKay était excellent. »

Les deux amies, absorbées dans leur conversation, ne remarquèrent pas le grand garçon maigre qui s'arrêtait juste derrière leur table. Amy poursuivit :

« C'est vrai qu'avec Tom MacKay, tu as

de la concurrence. A part toi, il est le seul à pouvoir gagner ce concours. »

Dylan MacKay s'éloigna lentement, la gorge serrée. Il posa son plateau sur une table déserte et s'aperçut qu'il n'avait plus faim.

Il avait travaillé dur pour ce concours de nouvelles, et il espérait bien montrer son texte à M. Bowman le lendemain, avant de l'envoyer par la poste. Maintenant, ses projets tombaient à l'eau. Puisque Tom participait au concours, ce n'était même plus la peine de poster sa nouvelle.

Dylan regarda la nourriture sur son plateau avec dégoût. Comment avait-il pu croire un instant que ce concours allait changer quelque chose à sa vie ? Tom était un gagnant et lui, Dylan, un perdant. Il en avait toujours été ainsi et il n'y avait aucune raison que les choses changent...

Chapitre 4

« Je vous en prie, monsieur Nydick ! Si les Licornes et moi nous pouvons être dans le même groupe, je vous jure que nous ferons du bon travail. Il faut que nous obtenions une bonne note, c'est si important pour moi... »

Jessica avait préparé son plus beau sourire pour émouvoir le professeur d'histoire. Un peu étonné par l'enthousiasme inhabituel de son élève, M. Nydick haussa les sourcils et lui sourit en retour.

« Je suis content de voir que tu prends ce projet tellement à cœur, mais tu sais que ce sont les professeurs qui décident de la composition des groupes. Je ne peux en aucun cas te promettre que tes amies et toi vous serez ensemble. »

Jessica se rembrunit. L'air morose, elle tourna les talons et se dirigea vers les gradins pour rejoindre Lila et les autres Licornes qui attendaient, en compagnie de tous les sixièmes et les cinquièmes réunis, la proclamation des groupes de travail. En voyant approcher son amie, Lila s'écria :

« Alors ? Qu'est-ce qu'il t'a dit ? »

Jessica se mordit les lèvres. Elle avait horreur d'avouer un échec, et elle s'était vantée auprès de ses amies d'obtenir aisément satisfaction.

« Eh bien, commença-t-elle, M. Nydick pense que si toutes les Licornes se retrouvent dans le même groupe, ça risque de désavantager les autres. »

Lila hocha vigoureusement la tête.

— Ça, c'est vrai ! Nous sommes les meilleures.

— Mais il m'a promis de faire ce qu'il pourrait », conclut Jessica avec aplomb.

Son mensonge était si convaincant que

pour un peu, elle y aurait cru elle-même. Très satisfaite, elle s'assit auprès de Lila pendant que les derniers retardataires s'installaient dans le gymnase. M. Bowman monta sur l'estrade et se plaça devant le micro. Plusieurs professeurs de sixième et de cinquième l'entouraient, des papiers à la main.

« Bonjour, les enfants. Un peu de silence, s'il vous plaît... »

Peu à peu, le bruit des conversations

cessa. L'attention des élèves était concentrée sur M. Bowman.

« Bon, commença-t-il. Nous allons procéder à l'appel des groupes de travail pour le projet de fin d'année... »

Lila jeta un regard de connivence à Jessica, qui commençait à se sentir secrètement mal à l'aise. Que se passerait-il si les Licornes se trouvaient éparpillées ? Elle enfouit ses mains dans les poches de son jean et croisa les doigts.

« Vous savez tous en quoi consiste ce projet, disait M. Bowman. Votre groupe de travail doit former une société, qui fonctionnera pendant une semaine comme une véritable entreprise. Vous pouvez au choix fabriquer un produit ou vendre un service, comme n'importe quelle entreprise privée. »

Jessica se tortillait nerveusement, espérant que M. Bowman annoncerait sans tarder la composition des groupes.

« Chaque élément du groupe devra apporter sa contribution à votre réalisation collective, poursuivit-il. Vous pouvez élire un président-directeur général et des directeurs adjoints si vous le désirez. Vous devrez également trouver un nom pour votre entreprise, établir des livres de compte, des études de marché et faire la publicité de votre produit. Enfin, tout ce qu'il faut pour la bonne marche de votre entreprise. Les professeurs superviseront chacun un groupe de travail. Ainsi M. Nydick, Mme Arnette... »

Jessica poussa un soupir à fendre l'âme :

« Oh non, par Air-net ! J'espère qu'on ne sera pas obligées de la supporter. »

Mme Arnette enseignait les sciences sociales. Toujours tirée à quatre épingles, c'était le professeur le plus vieux jeu de tout le collège.

« ... et les autres professeurs vont vous lire chacun la liste d'élèves correspondant à leur groupe. Nous avons réparti en nombre égal les sixièmes et les cinquièmes. A l'énoncé de votre nom, vous monterez sur l'estrade. »

A quelques mètres de Jessica, Elizabeth et Amy échangeaient des regards un peu inquiets.

« J'espère que nous serons ensemble, murmura Amy.

— Moi aussi. J'ai demandé à M. Bowman s'il comptait mettre toute l'équipe du journal dans le même groupe de travail. Il m'a répondu en souriant que les groupes étaient déjà constitués et qu'il ne pouvait rien dire. Mais au moment où je partais, il m'a fait un petit clin d'œil. A mon avis, c'est bon signe.

— J'espère... »

Tout au bout du demi-cercle de gradins, Dylan MacKay était assis au milieu d'une rangée vide. Il ne cherchait même pas le regard des autres élèves : aucun d'entre eux ne voulait être son ami, il ne le savait que trop bien.

Cette situation était ce qu'il redoutait le plus depuis son arrivée à Sun Valley. Les sixièmes et les cinquièmes allaient travailler ensemble, et tout le monde pourrait s'apercevoir que son frère Tom lui était cent fois supérieur. Personne ne pourrait plus ignorer la nullité de Dylan MacKay.

Les mâchoires serrées, la tête rentrée dans les épaules, il regardait fixement par terre en regrettant de ne pas pouvoir disparaître tout à fait.

A cet instant, M. Bowman commença à lire sa liste de noms.

Jessica écoutait attentivement, mais son nom ne figurait pas sur la première liste. Bientôt, elle entendit le nom de sa sœur et vit Elizabeth se lever vivement pour aller prendre place sur l'estrade à côté d'Amy Sutton. D'autres noms suivirent, puis M. Bowman appela :

« MacKay.

— Waow ! Super ! » s'exclama un des garçons du groupe.

Derrière lui, sur l'estrade, quelques filles applaudirent. Tous les yeux se tournèrent vers Tom, assis au premier rang des gradins, qui fit mine de se lever.

« Non, corrigea M. Bowman. Je voulais dire Dylan MacKay. »

Tom se rassit, le sourire des filles disparut et le même garçon qui venait d'acclamer Tom prit un air dégoûté.

« Oh non ! » fit-il à haute voix.

Jessica vit Dylan se lever précipitamment, perdre un instant l'équilibre et se rattraper au dossier d'un siège. Puis, dans le silence général, il descendit des gradins et se présenta sur l'estrade, le rouge aux joues.

« Personne ne voudrait d'un type pareil dans son groupe », songea Jessica.

M. Bowman conduisit son groupe d'élèves de l'autre côté du gymnase pour qu'ils puissent parler librement. Dylan marchait lentement, traînant loin derrière les autres.

Son trouble n'avais pas échappé à Elizabeth. Elle désapprouvait de tout son cœur l'attitude des autres élèves. On n'avait pas le droit d'être aussi cruel envers un de ses camarades si taciturne et solitaire qu'il puisse être.

« Ecoute-moi, Amy, murmura-t-elle, si on allait dire quelque chose de gentil à Dylan ? Il doit se sentir terriblement mal.

— Oh, Elizabeth ! gémit son amie. Pourquoi est-ce que tu te crois toujours obligée d'être sympa avec tout le monde ? »

Mais elle la suivit gentiment, gardant sur son visage un sourire un peu crispé alors qu'elles ralentissaient le pas pour se rapprocher de Dylan.

« Salut ! dit Elizabeth avec un sourire radieux. C'est un plaisir de t'avoir dans notre groupe. »

Dylan, les yeux baissés, raclait le sol de ses semelles. Tout ce qu'il réussit à dire fut :

« Ouais. »

Comprenant qu'il était timide, Elizabeth ne se démonta pas. Elle continua à marcher auprès de lui et reprit :

« Je suis sûre que tu seras un bon élément dans notre entreprise. Nous aurons besoin d'affiches publicitaires. Est-ce que tu sais dessiner ?

— Non. »

Elizabeth soupira. Il était vraiment difficile de percer la carapace, mais elle avait de la patience à revendre.

« Nous aurons sans doute besoin de construire un stand. Est-ce que tu saurais faire ça ?

— Je suis nul en menuiserie, fit Dylan sans lever les yeux. Tout ce que je sais faire avec un marteau, c'est me taper sur les doigts.

— Ah ! »

Elizabeth était vaincue. Elle ne savait plus quoi ajouter.

Quelques mètres plus loin, Amy, les sourcils froncés, lui faisait signe de la rejoindre. Elle conclut en hâte :

« Je suis sûre que tu trouveras quelque chose d'utile et d'intéressant à faire ! »

Dylan ne répondit pas. Abandonnant alors la partie, elle accéléra le pas pour rejoindre Amy.

« Ce n'est pas trop tôt ! s'exclama son amie. Est-ce que tu vas te fatiguer longtemps à faire la conversation à cet ermite ? Il n'aime personne, c'est évident.

— J'espérais seulement... Oh, ça n'a pas d'importance, fit Elizabeth. Ecoutons plutôt ce que M. Bowman a à nous dire. »

Pendant que le reste du groupe s'installait sur les gradins et écoutait le professeur d'anglais expliquer la marche des opérations, Dylan resta à l'écart, le cœur plein d'amertume, incapable de suivre les propos de M. Bowman.

Quelles épreuves l'attendaient encore ? Il avait été publiquement humilié, personne ne voulait de lui dans ce groupe. Même Elizabeth Wakefield, la seule qui lui avait parlé, était sans doute prête à se moquer de lui. La rage bouillonnait en lui sans relâche, comme le cratère d'un volcan.

A l'autre bout du gymnase, Jessica avait de plus en plus de mal à contenir son impatience.

Par bonheur, la mère Air-net avait déjà fini de lire sa liste et Jessica n'y était pas, mais une grande partie des Licornes étaient déjà dispersées dans des groupes divers. Lila avait l'air de plus en plus sceptique, et

Jessica craignait fort de voir sa réputation tomber en lambeaux.

Mme Wyler, le professeur de maths, commença à lire sa liste. Elle était assez sévère, mais tout de même plus acceptable que Mme Arnette. Lorsque Jessica entendit son nom, elle se leva et adressa un petit clin d'œil à Lila.

« A tout de suite », murmura-t-elle avec optimisme.

Sa confiance fut récompensée : Mme Wyler appela bientôt Lila, puis Ellen, Betsy Gordon et Barbara Haver. Les meilleurs éléments des Licornes en sixième et en cinquième étaient réunis.

Jessica rayonnait. Son plan allait marcher, après tout ! Comme pour parfaire ce bonheur inespéré, elle entendit soudain appeler le nom de Tom MacKay.

Ce dernier, l'air ravi, se leva de son siège pour rejoindre le groupe. Jessica manœuvra habilement pour se retrouver à côté de lui au bout de la rangée, et l'accueillit avec son plus beau sourire.

« Salut, Jessica, dit-il. Est-ce que tu te sens l'âme d'une femme d'affaires ?

— J'ai déjà ma petite idée, murmura-t-elle. Attends un peu d'avoir entendu ce que j'ai à proposer... »

Elle lui jeta un regard enchanteur à travers ses cils et eut la satisfaction de voir les yeux bleus de Tom lui sourire en retour.

Décidément, on allait bien s'amuser !

Chapitre 5

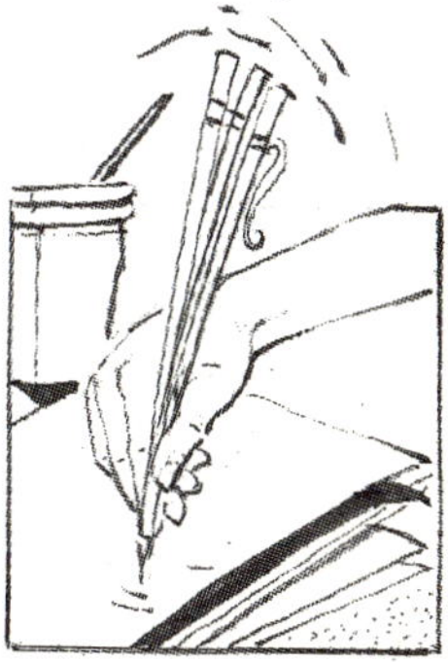

Dès que Mme Wyler eut terminé d'expliquer aux élèves les règles du jeu, Jessica s'empressa d'exposer son idée.

« Voici ce que je propose : nous allons mettre sur pied un magasin de vêtements.

— Mais c'est trop compliqué ! objecta Kerry Glenn. Nous ferions mieux de fabriquer des cache-pot, comme à l'école primaire, et de les vendre.

— Des cache-pot ? »

Jessica faillit s'étrangler.

« Mais enfin, ce sont les bébés qui fabriquent des trucs pareils !

— Jessica a raison, ajouta Lila. C'est complètement débile. »

Mais Kerry tenait à son idée.

« Pas du tout ! A la kermesse de l'école primaire, on avait gagné beaucoup d'argent.

— Sans doute, fit Jessica d'un air narquois. Les mamans et les grands-mères avaient acheté tout le stock... Mais cette fois-ci, c'est aux élèves qu'il faut vendre notre marchandise. Ils ne viendront jamais acheter des cache-pot. »

Un des garçons prit l'air intéressé.

« Et qu'est-ce qu'on fait avec l'argent qu'on gagne ?

— Ce ne sont pas de véritables billets, souviens-toi de ce qu'a dit Mme Wyler. Chaque élève part avec vingt dollars factices en poche et doit les dépenser dans les stands qui lui plairont le plus. L'entreprise qui réalise le plus de bénéfices reçoit les meilleures notes et gagne une tournée de glaces *Chez Casey.* »

Les garçons eurent un élan d'enthousiasme en apprenant cette nouvelle.

« Super ! s'écria Tom.

— Pour en revenir à l'idée de Jessica, dit Jerry MacAllister, il n'y a qu'un problème : la boutique s'adresse principalement aux filles. Que feront les garçons dans cette société ? »

Jessica réfléchit rapidement. Il fallait donner du travail aux garçons pour qu'ils approuvent son idée.

« Tout d'abord, nous aurons besoin d'un stand. Vous pourrez le construire. Et puis nous vendrons aussi quelques articles pour hommes. »

Mary Wallace, une élève de cinquième, prit la parole.

« J'ai beau être une fille, j'aimerais également construire le stand. Et puis nous aurons aussi les rapports et les comptes à établir. Il y aura largement du travail pour tout le monde. »

Jessica avait oublié tous ces détails. La boutique représentait plus de travail qu'elle ne l'aurait imaginé, mais elle approuva généreusement.

« Oui, oui, bien sûr. Tout le monde aura de quoi s'occuper. Allons, adoptez mon idée ! On va bien s'amuser.

— Pourquoi pas ? fit Tom MacKay. Le monde de la haute couture n'a qu'à bien se tenir, nous arrivons ! »

Jessica était au septième ciel. Le groupe vota pour sa boutique à l'unanimité et elle savoura son triomphe.

« Pour commencer, dit-elle, il nous faut élire un P.-D.G., comme nous l'a dit Mme Wyler. Qui a une candidature à proposer ? »

Toujours souriante, elle se tourna vers Tom qui réalisa immédiatement son espoir secret.

« Je propose Jessica Wakefield, dit-il.

— Je soutiens cette nomination », ajouta Lila.

Jessica devint ainsi présidente de la société.

« Très bien, fit-elle avec sérieux. Maintenant, au travail.

— Attends un peu ! interrompit Lila. Il nous faut des directeurs adjoints !

— Tu as raison. En tant que présidente, je vais les désigner moi-même.

— Ne ferait-on pas mieux de les élire aussi ? » demanda une élève de cinquième.

Jessica la fusilla du regard.

« Non ! Ça fait partie de mon travail », répliqua-t-elle avec majesté.

Une partie des élèves prit un air réprobateur mais Jessica n'en tint pas compte. Elle voulait avant tout trouver un nom pour la société.

« Je crois que j'ai trouvé, s'écria-t-elle soudain. Nous l'appellerons *La Friperie des Licornes !*

— Ce n'est pas possible, objecta Lila. Les autres Licornes qui travaillent dans d'autres groupes pourraient le prendre mal. »

Jessica hocha la tête, l'air pensif.

« Tu as raison, dit-elle. Alors, que diriez-vous de : *La Boutique violette* ? »

Le violet était la couleur fétiche des Licornes. Jessica imaginait déjà les superbes affiches publicitaires qu'ils pourraient dessiner.

Mais Jerry MacAllister tira la langue et déclara avec un geste de mépris :

« C'est carrément nul !

— Non, mais dis donc ! » s'exclama Jessica d'un air indigné.

Un rapide regard vers Mme Wyler la dissuada de continuer sur ce ton. Elle se corrigea et poursuivit suavement :

« Quelle est ta suggestion, Jerry ?

— *Les Sous-Vêtements de l'Espace intersidéral !* » articula-t-il dans un éclat de rire. Son idée l'amusait tellement qu'il faillit tomber des gradins, secoué par un fou rire inextinguible.

« Un peu de sérieux ! ordonna Jessica. Tom, est-ce que tu as une idée ?

— Puisque nous ne vendrons pas de sous-vêtements, je n'adhère pas à la suggestion de Jerry, fit Tom avec un sourire. Mais qu'est-ce que vous diriez d'appeler notre magasin : *La Griffe de Sun Valley ?*

— Oh, Tom... s'écria Jessica. C'est génial !

— Ma mère lit les magasines de mode. Je les vois toujours traîner à la maison », admit-il, un peu gêné.

Toutes les filles du groupe le regardaient avec admiration.

« C'est une excellente suggestion », dit Lila.

Jessica, soucieuse de conserver la vedette, s'empressa d'intervenir.

« Bien. Passons aux problèmes d'organisation. Par quoi allons-nous commencer ?

— Par vider nos placards et faire l'inventaire des vêtements que nous allons donner », répondit Lila.

Jessica acquiesça.

« Ensuite, suggéra Barbara, nous pourrons les classer par taille et fixer leur prix.

— Excellente idée, répondit Jessica.

— Je vois ça d'ici, gloussa Jerry. Il y aura trois tailles : *petit, moyen* et... *énorme,* spécialement pour Louise Waller !

— Allons, pas de plaisanteries stupides ! » interrompit Jessica.

Elle se souvenait encore de la manière dont Elizabeth l'avait chapitrée sur sa mauvaise habitude de se moquer des gens trop gros.

« Reprenons la discussion », déclara-t-elle.

Elle nageait dans le bonheur, et se sentait vraiment très fière d'elle. Jamais elle n'aurait cru que le métier de P.-D.G. était si amusant.

De l'autre côté du gymnase, le groupe d'Elizabeth discutait ferme. Deux garçons proposaient de fabriquer des lance-pierres et des frondes.

« C'est absurde, objecta Elizabeth avec une pointe d'impatience. Le principal du collège ne nous autorisera jamais à vendre des frondes, c'est trop dangereux !

— Mais alors, qu'allons-nous faire ? demanda Amy.

— Eh bien... j'ai peut-être une idée », répondit Elizabeth.

Elle avait un peu le trac. Rien ne lui prouvait que le reste du groupe apprécierait son idée.

« Attends, laisse-moi deviner, plaisanta Amy. Je parie que tu veux vendre des chevaux ! »

Les élèves se regardèrent avec complicité. Tout le monde savait qu'Elizabeth, passionnée par l'équitation, avait rêvé de posséder un cheval. Elle eut un petit sourire.

« Ce ne serait pas une mauvaise idée, mais ce que je vous propose me semble tout de même plus simple à accomplir.

— De quoi s'agit-il ? demanda Olivia Davidson.

— J'avais pensé que nous pourrions constituer une société d'édition qui publierait des textes d'élèves. »

Elizabeth avait parlé à toute vitesse, anxieuse à l'idée que les autres pourraient rejeter sa proposition.

« Est-ce que nous devrions tout écrire nous-mêmes ? demanda quelqu'un dans l'assistance.

— Non, justement. Il y a ce concours de nouvelles qui nous fournit une occasion en or. Beaucoup d'élèves ont fini leur texte. Nous pourrions publier les meilleurs. Et en plus, nous aurions des poèmes ou des histoires que les gens ont déjà écrits et qu'ils nous soumettront volontiers. Nous aurons largement assez de matière.

— Mais comment allons-nous imprimer ces livres ? demanda Nora Mercandy.

— Nous avons les machines à écrire que les rédacteurs du journal utilisent. Si nous tapons les textes très proprement, M. Bowman nous aidera à les photocopier. Ensuite il ne restera plus qu'à y ajouter des illustrations et à relier le tout. Imaginez le résultat ! »

Peu à peu, elle communiqua son enthousiasme à tout le groupe. Elle regarda autour d'elle : de toutes parts, des visages souriants l'entouraient.

Seul, un peu en retrait, Dylan MacKay lui jeta un regard noir chargé d'un reproche muet, les sourcils froncés et la mine sinistre.

« Mais qu'est-ce qui ne va pas chez ce garçon ? » se demanda-t-elle.

Chapitre 6

Dylan MacKay était assis tout au bout des gradins, essayant de se faire oublier de ceux de son groupe. Un peu plus loin, au bout du gymnase, son frère bavardait gaiement avec ses amis... Quelle malchance ! Pourquoi les professeurs avaient-ils tenu à mélanger les sixièmes avec les cinquièmes ?

Jusqu'ici, le seul avantage que Dylan conservait sur Tom était d'avoir un an de plus que lui et d'être dans la classe supérieure. En bonne logique, il aurait dû surpasser son jeune frère en sport, être le plus brillant et le plus populaire des deux. Mais il n'en était rien. Malgré son jeune âge, Tom excellait en tout et ne comptait que des amis.

Dylan aperçut Elizabeth Wakefield qui le regardait pendant que le groupe continuait à discuter son projet d'édition. Il détourna la tête pour ne pas croiser son regard. De toute façon, personne n'allait lui demander son avis. Sans doute, Elizabeth elle-même aurait préféré voir Tom assis à la place de Dylan le bon à rien...

Il se tourna de nouveau vers le groupe de Tom et vit son frère, très animé, menant les conversations comme un véritable chef. La douleur vague qu'il ressentait jusque-là se transforma en une véritable torture. Il se mordit les lèvres. Il lui était presque impossible de se dominer, mais les autres ne devaient surtout pas voir à quel point il se sentait lamentable.

Un des garçons du groupe s'approcha de lui :

« Dylan, est-ce que tu saurais... »

Devant la mine renfrognée du jeune garçon, il hésita.

« Quoi ? repartit ce dernier d'un ton rogue.

— Est-ce que tu sais te servir d'un marteau ? »

Pour toute réponse, Dylan secoua la tête et le garçon n'insista pas.

« Tout le monde me déteste, songea Dylan avec amertume. Si seulement Tom n'était pas là, ce serait peut-être plus facile pour moi. »

Bien plus tard, alors que le groupe s'était dispersé, cette mauvaise pensée resta inscrite dans l'esprit de Dylan. En marchant vers les casiers, il se répétait : « Si seulement Tom n'était pas là... »

Il prit le temps de ranger ses cahiers et ses livres avant de se rendre à la cafétéria. Comme toujours, il préférait déjeuner à l'heure où il n'y avait plus personne. Mais lorsqu'il entra dans la grande salle ensoleillée, il aperçut Tom qui l'attendait à quelques pas de l'entrée.

« Hé, Dylan ! lança-t-il d'un air engageant. Qu'est-ce que vous avez prévu, avec ton groupe ? Nous, on se lance dans le prêt-à-porter. Etonnant, non ? »

Ignorant le sourire de son jeune frère, Dylan regardait fixement le sac à dos de toile noire que celui-ci portait.

« Dis donc, gronda-t-il, qu'est-ce que tu fiches avec mon sac à dos ? »

C'était vraiment le comble ! Maintenant, Tom s'imaginait qu'il pouvait piocher dans les affaires de son frère !

La colère contenue de Dylan explosa soudain. Il releva la tête avec un éclair de rage dans les yeux, et la surprise de Tom fit place à de l'ahurissement.

« Mais enfin, ce n'est rien ! Je me suis juste trompé de sac ce matin, Dylan. Je suis désolé ! »

Aveuglé par la colère, Dylan ne tint pas compte de ces excuses. Il voulut s'emparer du sac, mais il se montra si brusque qu'un livre en tomba. Tom l'écarta avec douceur.

« Laisse, dit-il. Je vais d'abord sortir mes livres.

— Tu te crois tout permis, pas vrai ? grinça Dylan.

— Mais non, enfin ! Pourquoi est-ce que tu t'énerves comme ça ? »

Cette fois, Dylan lâcha le sac. Tout son être réclamait vengeance.

« Je ne suis pas énervé ! » dit-il d'une voix sourde. En même temps, il avança vers son frère et lui donna une violente bourrade.

Tom, pris par surprise, perdit l'équilibre et tomba au milieu d'un groupe d'élèves, assis à une table voisine, qui observaient la scène avec stupéfaction. Dans sa chute, il bouscula une fille et se heurta durement au coin de la table. Plusieurs filles poussèrent des cris suraigus en voyant leurs assiettes se fracasser par terre.

Tom se releva et croisa le regard d'Elizabeth Wakefield. Elle tenait un carton de lait chocolaté à la main, arrêtée dans son élan au moment où elle allait en boire une gorgée. Dans la bousculade, elle avait renversé du chocolat sur ses vêtements.

Mais Tom n'eut pas le loisir de l'observer longtemps : brusquement, elle poussa un cri d'alarme.

« Tom, attention ! »

Chapitre 7

Elizabeth eut à peine le temps de crier. Dylan s'était jeté sur son frère avec une violence redoublée.

Tom se déroba, mais une demi-seconde trop tard : d'un geste aussi brutal que maladroit, Dylan lui avait assené un coup de poing dans l'estomac qui le projeta à nouveau en plein milieu de la table.

« Arrêtez ça ! » s'exclama Amy.

Elizabeth, interrompue au milieu d'une phrase, restait pétrifiée, les yeux grands ouverts. Amy avait laissé tomber la pomme qu'elle était en train de manger, et Julie

Porter, qui venait de lâcher son sandwich, se mit à pousser des cris suraigus.

Cependant Tom essayait de se lever, un bras protégeant son visage. Dylan continuait à s'acharner sur lui. Quelques garçons les entouraient, hésitant à intervenir.

Dylan était nettement plus grand que son frère, mais Tom avait l'avantage de sa carrure athlétique. Il réussit à s'échapper et, reprenant son souffle, s'écria :

« Qu'est-ce qui te prend ? »

Dylan, les joues en feu, serrait les lèvres. Il ne répondit rien.

« Je ne veux pas que nous nous battions », dit encore Tom.

Il parlait à voix basse, mais les élèves autour d'eux l'entendirent. Tout le monde avait l'air choqué.

« Pourquoi est-ce que ce type s'attaque à son petit frère ? » demanda Julie à voix basse.

Elizabeth se remémora soudain la conversation qu'elle avait surprise dans la salle de classe entre les deux frères MacKay. Elle avait l'impression de comprendre un peu mieux que les autres ce qui était en train de se passer, mais elle ne pouvait s'empêcher de penser que Dylan avait tort. Son attitude ne pouvait le mener nulle part.

« Arrête ça, Dylan. Laisse Tom tranquille ! s'écria Jerry MacAllister.

— Si tu veux te battre, choisis quelqu'un de ta taille ! » ajouta quelqu'un d'autre.

Mais Dylan restait sourd à leurs protestations. Il tentait de pousser son frère à bout.

« Allez, répétait-il, viens te battre si tu es un homme ! »

A l'évidence, Tom refusait cette bagarre. Au lieu de serrer les poings, il leva la main en signe de paix.

— Nous ferions mieux d'en parler tranquillement, dit-il d'un ton calme.

— Je te dis que je veux me battre ! » gronda Dylan.

Il projeta son poing en avant et faillit perdre ses lunettes. Heureusement, Tom parvint à esquiver le coup, mais cela ne fit qu'augmenter la colère de son frère qui se mit à l'insulter.

« Espèce de poule mouillée ! »

Cette fois, Tom eut l'air peiné.

« Dylan, c'est absurde. Je ne sais même pas pourquoi tu veux te battre. »

Au même moment, Dylan lui décocha un uppercut qui vint le frapper en plein visage. Julie faillit s'évanouir.

« Oh non ! » murmura-t-elle.

Elizabeth retint son souffle. Tom s'était mis à saigner du nez. Même Dylan semblait impressionné.

« Maintenant, ça suffit ! » s'écria Jerry avec autorité.

Il s'interposa entre les deux frères, soutenu par Charlie Cashman.

« Va te chercher un autre adversaire, espèce de brute ! »

La colère s'était retirée du visage de Dylan, le laissant très pâle. Il regarda son frère et sembla sur le point de parler, mais au dernier moment il se retourna et se dirigea vers la sortie dans un silence général, la tête basse.

Elizabeth tendit un mouchoir en papier à Tom puis regarda Dylan qui disparaissait dans l'embrasure de la porte. Juste à temps : M. Bowman, alerté par le remue-ménage qui s'était fait autour de Tom, arrivait en vue de leur table.

« Qu'est-ce qui se passe ? » demanda-t-il.

Tom fut le premier à répondre.

« Ce n'est rien. J'ai glissé et je me suis cogné à la table. Je ne saigne déjà plus. »

M. Bowman ne poussa pas plus avant son interrogatoire, mais son air dubitatif en disait long.

« Tu devrais aller à l'infirmerie, fit-il simplement. Et plus d'*accidents,* s'il te plaît.

— Oui, monsieur. »

Jerry attendit le départ de M. Bowman puis proposa :

« Est-ce que tu veux qu'on t'accompagne ? Tu verras, on va donner une bonne leçon à Dylan.

— Non, surtout pas. Ça ira. C'est mon frère, je vais m'expliquer avec lui. »

Il sortit à son tour, tenant toujours le mouchoir en papier sous son nez. Les autres le regardèrent partir et retournèrent à leur repas.

« Ce Dylan est vraiment ignoble ! s'exclama Amy qui regrettait encore sa

pomme. Si seulement on avait Tom dans notre groupe à sa place ! »

Elizabeth contemplait avec contrariété son pull maculé de chocolat au lait. Elle hocha la tête et dit pensivement :

« Il a sans doute ses raisons.

— Rien n'excuse ce qu'il vient de faire, objecta Julie. Ça m'embête vraiment qu'il soit dans notre groupe. Dis, Elizabeth, on ne pourrait pas se plaindre auprès des profs ?

— Nous devons lui laisser une chance, répondit Elizabeth. Parfois les gens font des choses bizarres simplement parce qu'ils sont malheureux. Souvenez-vous de Brooke Dennis. Tout le monde la prenait pour une espèce de snob quand elle est arrivée à Sun Valley. Le collège entier était contre elle...

— Oh oui, c'est vrai, gloussa Amy. C'était l'époque où Jessica et toi, vous prétendiez avoir une troisième sœur, une triplée ! »

Elizabeth eut un petit frisson.

« Ne me parle pas de cette histoire ! Enfin, toujours est-il que quand nous avons mieux connu Brooke, nous avons compris qu'elle n'était pas snob du tout. Elle était simplement malheureuse du divorce de ses parents, et depuis elle est devenue très gentille.

— Mais les parents MacKay ne sont pas divorcés », objecta Amy qui refusait de laisser à Dylan le bénéfice du doute.

Elizabeth regarda ses deux amies avec conviction.

« Il y a bien d'autres problèmes qui peuvent faire souffrir un adolescent. »

Les filles n'avaient toujours pas l'air convaincues.

« Moi, je pense quand même que ce Dylan est un fou dangereux, déclara Amy.

— Moi aussi », fit Julie.

Elizabeth soupira. Dylan s'était mis dans un sacré pétrin, et il ne semblait pas près d'en sortir...

Chapitre 8

Pendant toute la journée, le collège entier ne parla que de la querelle des frères MacKay. Bien avant la reprise des cours de l'après-midi, la nouvelle s'était répandue comme une traînée de poudre.

On pouvait voir Betsy Gordon, les poings sur les hanches, raconter toute l'histoire à un groupe de filles rassemblées dans un couloir.

« C'était incroyable ! Cet affreux Dylan a failli *tuer* son propre frère. »

Jessica approuva avec vigueur.

« Elizabeth a tout vu. A cause de Dylan, elle a renversé tout un carton de chocolat au lait sur son plus beau pull ! Quand je pense que je devais le lui emprunter demain... Je suis sûre que Dylan l'a fait exprès.

— C'était atroce, ajouta Mary Wallace. Je préférerais avoir Tom avec nous en cinquième plutôt que ce Dylan de malheur.

— Barbara Haver a bien invité Tom vendredi prochain pour son anniversaire, n'est-ce pas ? » demanda Jessica.

Elle avait envie de passer plus de temps avec ce garçon. Il fallait bien qu'ils deviennent un peu plus intimes, sinon comment pourrait-il succomber à son charme ?

« Bien entendu, assura Tamara Chase. Elle a invité les élèves les plus intéressants de sixième...

— C'est bien », approuva Jessica.

Elle ne doutait pas un instant que sa sœur et elle-même en fassent partie.

« ... et *presque tous* les élèves de cinquième », acheva Tamara avec un petit clin d'œil.

Les filles se regardèrent d'un air entendu. Personne n'éprouvait le besoin de demander qui avait été « accidentellement » oublié.

« Ça va être une fête monstre, dit Betsy. Barbara a acheté des dizaines de nouveaux disques, et son père va louer des stroboscopes et des projecteurs de toutes les couleurs... »

La cloche annonçant le cours suivant retentit, interrompant ces agréables projets. Les filles se séparèrent à la hâte.

Pendant ce temps, Elizabeth réfléchissait, non pas à la future fête chez Barbara mais à la société d'édition que son groupe voulait mettre sur pied. Elle avait été élue P.-D.G. et prenait ses responsabilités très à cœur.

Il fallait que leur livre soit un chef-d'œuvre, non seulement pour qu'ils obtiennent une bonne note, mais parce qu'Elizabeth avait une véritable passion pour les livres.

Après les cours, les membres des *Editions de Sun Valley* (c'était le nom qu'ils avaient choisi) se rassemblèrent dans la salle de rédaction du journal. Elisabeth distribua les tâches.

« Amy, tu n'as qu'à prendre cette pile de textes écrits par des élèves. Je te fais confiance, tu nous diras lesquels sont bons à publier. Souviens-toi que nous aimerions en utiliser le plus possible.

— Oh ! là ! là ! s'exclama Amy en découvrant l'immense pile de feuillets. Est-ce que les élèves de Sun Valley ont vraiment écrit tout ça ? »

Elizabeth hocha la tête.

« C'est à cause de ce concours de nouvelles. Beaucoup d'élèves y ont participé, et M. Bowman m'a confié leurs textes. »

Au même moment, deux filles entrèrent dans la pièce.

« Tiens, voici les poésies que tu m'as demandées, dit timidement Louise Waller en tendant une liasse de feuilles à Elizabeth.

— Merci, Louise.

— Dis, est-ce que tu vas vraiment les publier dans ton livre ?

— Je te le dirai lorsque je les aurai lues. Nous avons beaucoup de textes, mais j'essaierai au moins de publier un de tes poèmes. »

Les autres membres des *Editions de Sun Valley* reçurent chacun leur part de travail.

« Ronnie et Randy, vous devriez commencer à construire des présentoirs. Il y a des cartons et du papier de couleur dans ce placard, M. Bowman nous a permis de les utiliser. Quant à toi, Olivia, tu es si bonne en dessin que j'ai pensé à toi pour les illustrations. »

Olivia rougit du compliment et sortit son matériel de dessin pendant que les deux garçons se dirigeaient vers le placard.

Bientôt, tout le monde travaillait gaiement, échangeant de temps à autre une plaisanterie. Elizabeth, le nez plongé dans une pile de textes, s'adonnait avec application à sa tâche de lectrice.

Mais soudain, un silence pesant s'installa dans la pièce, l'informant que quelque chose ne tournait pas rond.

Relevant la tête, elle vit Dylan MacKay debout dans l'embrasure de la porte. Tout le monde s'était arrêté de travailler et le regardait avec hostilité. Il s'adressa directement à Elizabeth, ignorant délibérément l'antipathie qui flottait dans l'air.

« Tu avais dit de venir après les cours. »

Devant cette marque de courage, toute l'animosité d'Elizabeth fondit. Elle regarda Dylan droit dans les yeux.

Il ne fallait pas être magicien pour s'apercevoir qu'il était profondément malheureux de ce qui s'était passé cet après-midi. Pourtant, au lieu de remâcher sa tristesse, il était venu travailler comme elle l'avait demandé.

Elle posa sa pile de papiers et chercha un travail qui n'obligerait pas Dylan à se mêler aux autres élèves.

« Est-ce que tu sais taper à la machine ? demanda-t-elle.

— Un peu.

— Très bien. Prends ces textes que nous avons déjà sélectionnés, et tape-les proprement, s'il te plaît. »

Dylan suivit Eizabeth vers l'énorme machine à écrire quasi préhistorique qui ornait le bureau. C'était celle qui servait pour le journal. Il s'assit devant la table et commença à travailler.

Olivia, qui était assise non loin de là, lui jeta un regard méfiant à travers ses cils et se leva ostensiblement pour aller s'installer un peu plus loin. Les deux garçons qui travaillaient sur les présentoirs lui tournèrent le dos.

Elizabeth soupira. Mais Dylan était penché sur la machine à écrire et rien, à part peut-être ses joues empourprées, ne laissait supposer qu'il avait remarqué le manège de ses camarades.

Tout le monde se remit au travail, mais l'ambiance n'était plus la même. Plus personne ne riait ou n'échangeait de plaisanteries. De temps en temps, l'un des élèves levait la tête vers Dylan.

« Quel ennui ! songea Elizabeth. Il risque de ruiner le projet à lui tout seul. »

Heureusement, Olivia ne tarda pas à regarder l'horloge murale.

« Oh ! s'exclama-t-elle, il est déjà quatre heures et demie. Il faut que je parte, Elizabeth.

— D'accord. Merci d'être venue », répondit Elizabeth en prenant les illustrations qu'elle lui tendait.

Un coup d'œil lui suffit pour les juger. Son visage s'éclaira.

« Dis donc, elles sont magnifiques ! C'est du bon travail. »

Olivia rougit et un sourire joyeux se dessina sur ses lèvres.

Les autres ne tardèrent pas à partir également. Ronnie et Randy montrèrent à Elizabeth le présentoir qu'ils avaient presque fini de construire.

« On le peindra demain, expliqua Ronnie.

— Extra ! Ça va être superbe.

— Hé oui, acquiesça Randy. Nous, au moins, on fait du bon travail. »

Tout en parlant, il regardait Dylan avec insistance. Elizabeth suivit son regard. A en juger par le bruit qu'il faisait, Dylan tapait très lentement...

« Merci, Randy, dit-elle rapidement. A demain, vous deux. »

Elle se retourna vers un autre groupe d'élèves qui s'en allaient, et lorsqu'enfin elle eut collecté tous les papiers, elle s'aperçut que Dylan était sorti de la pièce sans se faire remarquer.

Qu'en était-il de son travail ? Elizabeth se dirigea vers la machine à écrire et jeta un coup d'œil sur les feuilles dactylographiées. Non seulement Dylan tapait lentement, mais il avait fait de nombreuses fautes de frappe. L'essentiel de son travail était bon à jeter.

Elizabeth soupira. Elle n'aurait qu'à le refaire elle-même sans en parler à personne.

Amy l'attendait à la sortie. Devant l'expression de son amie, elle s'inquiéta :

« Qu'est-ce qu'il y a ? Un problème ?

— Non seulement Dylan ne sait pas taper à la machine, répondit Elizabeth, mais en plus il a mélangé les textes des élèves avec de vieux brouillons à lui. Regarde-moi ça ! Un vieil exercice de maths... »

Amy gloussa. Elizabeth avait l'air franchement dégoûtée.

« Mais qu'est-ce que tu croyais ? lui dit-elle. Ce type est un incapable. On devrait demander à M. Bowman de le mettre dans un autre groupe. Il va saboter notre projet.

— On n'a pas le droit de faire ça, répliqua Elizabeth avec douceur. Imagine-toi à la place de Dylan... nous pourrions le blesser terriblement. D'ailleurs, aucun autre groupe n'en voudrait, et il faut bien qu'il travaille quelque part, n'est-ce pas ? Allez, viens. Je referai tout ça chez moi. »

Les deux amies sortirent et Elizabeth découvrit sa sœur, accompagnée de Lila Fowler, qui bavardait avec Tom MacKay.

Les yeux bleu-vert de Jessica pétillaient.

Au moment où Elizabeth et Amy approchèrent, Tom était en train de prendre congé.

« Il faut que je me dépêche, expliqua-t-il. A demain. »

Jessica lui fit un petit signe gracieux.

« Alors, Jess, s'écria Elizabeth, es-tu prête à rentrer à la maison ? »

Jessica acquiesça et prit congé de Lila. Elles se mirent en route, accompagnées d'Amy qui les quitta quelques rues plus loin.

« Au revoir, les jumelles ! Et surtout, Elizabeth, ne te décourage pas. Notre bouquin va être un vrai succès ! »

Lorsque les deux sœurs se retrouvèrent seules, Elizabeth ne put résister au plaisir de taquiner un peu Jessica.

« Je suppose que tu entretenais Tom MacKay de ton projet d'entreprise ?

— Mais bien sûr ! répliqua Jessica d'un air innocent. N'est-ce pas qu'il a les plus beaux yeux bleus de tout le collège ?... Et puis je lui ai dit ce que je pensais de la conduite de Dylan. C'est affreux de se jeter ainsi sur son propre frère !

— Qu'est-ce que Tom a répondu ?

— Oh, il a défendu son frère. D'après lui, Dylan n'a pas voulu lui faire de mal, mais je n'en crois pas un mot. Tu as vu toi-même ce qui s'est passé.

— En effet, mais je me demande encore pourquoi Dylan a agi ainsi. »

Jessica secoua ses boucles blondes, l'air profondément ennuyée.

« Oh, on s'en fiche, rétorqua-t-elle en bâillant. Dylan est si barbant ! Par contre, Tom est un vrai trésor. Il sera très utile à notre boutique. Tu sais que nous avons déjà plusieurs vêtements, des écharpes, des bracelets et des bagues. Il y a tant de jolies choses que je pourrais bien moi-même en acheter !

— Puisque tu me demandes si gentiment des nouvelles de mon propre groupe, plaisanta Elizabeth, nous avons formé une société d'édition. Nous allons publier un livre rassemblant des textes d'élèves. Ce sera très bien, je pense. »

Mais Jessica écoutait à peine, l'esprit occupé par des affaires plus importantes.

« C'est super, dit-elle vaguement. Mais tu sais, Lizzie, il y a ce chemisier violet que Tamara a apporté... Je suis sûre qu'il m'irait à merveille. »

Et Elizabeth dut se résigner à subir, pendant tout le trajet du retour, l'inventaire complet de la boutique de sa sœur.

Chapitre 9

Dès que les jumelles arrivèrent chez elles, Mme Wakefield les appela.

« Dépêchez-vous, les filles. Venez mettre la table, le dîner est prêt dans une minute.

— D'accord, maman ! » s'écria Elizabeth en dévalant l'escalier.

En arrivant à la cuisine, elle trouva Jessica en grande conversation avec sa mère.

« Je travaille comme une folle sur ce projet. Papa et toi, vous allez être satisfaits de moi !

— J'en suis très contente, Jessica. Cela prouve que tu as pris notre conversation de l'autre soir très à cœur et que tu es capable de t'investir à fond dans un travail. Je suis fière de toi. »

Elizabeth, qui observait l'air faraud de sa sœur, ne put s'empêcher de faire une petite grimace. Elle se doutait bien que l'enthousiasme de sa sœur avait quelque chose à voir avec la fête de Barbara. En outre, le fait d'avoir fondé une boutique, centre d'intérêt si cher à son cœur, semblait avoir décuplé sa motivation.

En fait, pendant tout le dîner, Jessica ne parla que de sa boutique.

« C'est vraiment du pur Jessica ! remarqua Steve, transformer un projet pédagogique en défilé de mode...

— Moi, au moins, j'ai le sens de l'élégance, rétorqua Jessica. On ne peut pas en dire autant de toi. Où est-ce que tu as déniché cette atroce veste à rayures que tu portais aujourd'hui ? On se serait cru au carnaval !

— Eh bien, figure-toi que Gloria Andrews m'a trouvé très chic », répliqua Steven.

L'instant d'après, se rendant compte qu'il s'était trahi, il rougit violemment. Jessica ne manqua pas de relever cette gaffe.

« Ah bon, Gloria... Je crois bien que nous avons découvert pour qui bat le petit cœur de Steven !

— Pas du tout ! C'est juste une amie, sans plus ! » s'exclama-t-il précipitamment, tentant de cacher son visage empourpré derrière un verre de lait.

M. Wakefield changea de sujet avec tact.

« Et toi, Elizabeth, où en est ton projet ?

— Ça se passe très bien, papa. Notre livre va être un vrai chef-d'œuvre. »

Steven éclata de rire, heureux de trouver là une porte de sortie.

« Je vois ça d'ici : Elizabeth Wakefield, le nouveau Shakespeare de Sun Valley ! »

Elizabeth le fusilla du regard.

« Tu n'y comprends rien. Beaucoup d'élèves nous ont donné des textes, nous avons des nouvelles, de la poésie...

— De la poésie ? Quelle barbe ! interrompit Jessica. Vous auriez mieux fait de publier un magazine de mode. Vous allez ennuyer tout le monde avec votre chef-d'œuvre. »

Elizabeth se replia dans un silence offensé. Steve s'anima soudain.

« Vivement vendredi ! C'est le jour du banquet. Notre entraîneur nous donnera notre classement pour la saison.

— C'est merveilleux, Steve, dit M. Wakefield.

— Nous serons tous là pour entendre ton classement », ajouta Mme Wakefield.

Jessica bondit.

« Vendredi prochain ?

— Mais oui.

— C'est que... j'avais prévu d'aller au cinéma avec Lila. Il y a un nouveau film, il paraît qu'il est génial.

— Je crois que le banquet de Steven passe avant, dit Mme Wakefield. Tu pourras aller au cinéma une autre fois. »

Steve approuva avec vigueur, mais Jessica ne l'entendait pas de cette oreille.

« J'ai déjà promis à Lila ! gémit-elle.

— C'est impossible, objecta fermement Mme Wakefield. Vendredi soir, nous irons tous au banquet de Steve. Nous devons faire honneur à ton frère et à son équipe. »

Jessica, furieuse, repoussa son assiette et quitta la table.

« Je vois qui est le chouchou dans cette famille ! » s'écria-t-elle avant de monter dans sa chambre.

Mme Wakefield poussa un soupir, mais Steven souriait franchement.

« Ce n'est pas grave, maman. Je vais manger son dessert ! » dit-il en se jetant sur l'assiette de sa sœur.

Elizabeth, bien qu'un peu crispée par cette scène, ne put s'empêcher de rire.

Après dîner, elle remonta dans sa chambre. Par chance, elle n'avait que très peu de devoirs à faire. Cela lui laissait le temps de trier les papiers en désordre que Dylan MacKay lui avait laissés.

Elle trouva plusieurs brouillons froissés mélangés avec les pages dactylographiées, mais soudain une liasse de feuilles manuscrites arrêta son regard. Le texte était recopié avec beaucoup de soin. Elizabeth se mit à lire.

« La liberté d'expression est une de ces libertés tranquilles dont nous jouissons sans même nous en apercevoir. Ce n'est que lorsque ce droit fondamental est bafoué, lorsqu'on brûle les livres, qu'on censure les journaux, lorsqu'enfin on emprisonne des hommes pour leurs idées et que règne la peur, que nous estimons à sa juste valeur ce précieux héritage de notre civilisation... »

Elizabeth s'arrêta, les yeux brillants d'admiration. Elle retourna les feuilles, cherchant en vain le nom de l'auteur. Il s'agissait sans aucun doute d'un texte rédigé pour le concours.

Ce texte était de loin le meilleur qu'elle ait lu jusque-là, et, elle dut l'admettre malgré un pincement de cœur, il était même meilleur que le sien propre.

Brusquement, elle comprit. Elle avait déjà vu cette écriture quelque part... Fouillant en hâte dans sa corbeille à papier, elle défroissa les vieux brouillons de Dylan. C'était bien la même écriture.

L'auteur de ce texte exceptionnel n'était autre que Dylan MacKay !

Pourquoi donc n'en avait-il pas parlé ? Elizabeth frémit. Avait-il oublié de poster son texte ? La limite était fixée à ce soir même !

Tenant toujours les feuilles en main, elle courut au téléphone et chercha le numéro des MacKay. A son grand soulagement, ce fut Dylan qui répondit.

« Il fallait que je te parle, dit-elle. Tu as oublié des papiers à toi dans la pile que tu m'as rendue.

— Oh... je suis désolé !

— Ce n'est pas ce que je voulais dire, reprit Elizabeth. Ce qui est grave, c'est que j'y ai trouvé ton texte pour le concours sur la liberté d'expression. Tu sais que tu dois le poster ce soir, au moins ? »

Il y eut un long silence à l'autre bout du fil, puis Dylan répondit :

« Ça n'a aucune importance. Tu n'as qu'à le jeter à la poubelle. »

Sur ces mots, il raccrocha. Elizabeth demeura stupéfaite, le récepteur à la main. Qu'elle jette ce texte à la poubelle ? Dylan devait plaisanter !

Elle raccrocha le téléphone et s'assit sur son lit. Les idées se bousculaient dans sa tête. Que devait-elle faire ? Au bout de quelques minutes, une solution se présenta à elle. Elle n'avait qu'à poster le texte à la place de Dylan !

Mais avait-elle le droit de faire une chose pareille malgré son interdiction ? Elle se leva de son lit et se mit à déambuler de long en large.

Quelques instants plus tard, Jessica passa la tête dans l'embrasure de la porte.

« Qu'est-ce que tu fiches à te balader comme un singe en cage ? J'essaie de lire le dernier numéro de *Quinze Ans* !

— Excuse-moi », murmura Elizabeth, toujours plongée dans ses pensées. Brutalement, elle se décida. L'adresse du concours était inscrite sur un tract qu'elle retrouva dans son tiroir. Elle ajouta une page de titre où elle inscrivit le nom de Dylan, plia le texte en deux et le glissa dans une enveloppe. Puis elle décrocha sa veste et sortit de la chambre en courant. Jessica la suivit, ébahie :

« Mais qu'est-ce qui t'arrive, à la fin ?

— Je dois me dépêcher. Il faut que je fasse timbrer ça avant la fermeture de la poste, sinon il sera trop tard.

— Ah bon !... » fit Jessica d'un air déçu.

Elle disparut dans sa chambre alors qu'Elizabeth courait expliquer la situation à sa mère. Mme Wakefield accepta immédiatement de conduire sa fille à la poste, et Elizabeth termina d'écrire l'adresse sur l'enveloppe.

Au moment où la voiture s'arrêta devant la poste, la détermination d'Elizabeth n'avait pas faibli. Mais au fond de sa conscience, un ultime remords la taraudait.

Avait-elle le droit de poster ce texte à la place de Dylan ?

Chapitre 10

Le jeudi matin, en allant au collège, les deux jumelles bavardaient en apparence comme d'habitude.

Jessica n'en finissait pas de décrire les vêtements qui allaient constituer son fonds de commerce. Elizabeth, tout en faisant mine d'écouter attentivement sa sœur, ne pouvait pas s'empêcher de se demander si elle avait eu raison de poster le texte de Dylan.

« J'espère qu'il ne m'en voudra pas », se disait-elle avec anxiété.

La voix de Jessica interrompit ses pensées.

« Alors, qu'est-ce que tu en penses ?

— Pardon ? Excuse-moi, Jess. J'avais la tête ailleurs.

— Je te demandais si, à ton avis, je devais nommer plus de deux directeurs adjoints. J'ai déjà nommé Lila, parce qu'elle est ma meilleure amie, et Barbara, à cause de sa fête. Mais maintenant Tamara et Betsy me réclament également un poste de directrice chacune... »

Jessica avait l'air contrariée. Sa fonction de P.-D.G. lui causait plus de soucis qu'elle ne l'aurait cru. Elizabeth se retint de pouffer de rire.

« Tu sais, répondit-elle, il me semble que deux directrices suffisent. Tu n'as qu'à leur expliquer que tous les postes sont pourvus, elles comprendront.

— J'espère... »

Jessica se rasséréna soudain à la vue de ses amies qui l'attendaient devant le portail du collège. Elle prit congé de sa sœur et courut les rejoindre.

Pendant qu'Elizabeth s'en allait à la recherche d'Amy, Jessica se promenait en bavardant avec Lila et Ellen.

« J'ai apporté des fringues, dit Lila en désignant un paquet qu'Ellen portait sous son bras.

— C'est bien, répondit Jessica. Ça va compléter notre stock.

— Jessica ! Il y a une chose que je ne comprends pas, intervint Ellen d'une voix geignarde. Pourquoi est-ce que je dois porter les paquets de Lila ?

— Parce que j'occupe un poste de *cadre,* répliqua Lila d'un ton hautain.

— Et alors ? Est-ce que les cadres ne travaillent pas comme les autres ?

— Ils sont justement là pour *encadrer* les employés comme toi », expliqua Jessica avec autorité.

Ellen s'apprêtait à protester mais la cloche sonna.

« Dépêchez-vous, reprit Jessica. Allons déposer tout ça dans le casier de Mme Wyler. »

Oubliant en un clin d'œil leur querelle, les trois amies se précipitèrent en classe.

L'après-midi, les cours avaient été annulés pour que les groupes de travail puissent se rassembler de nouveau. La société de Jessica se réunit dans le bureau de Mme Wyler.

Dès que tout le monde fut assis, Tamara attaqua bille en tête :

« Jessica, est-ce que tu as pensé à un poste de direction pour moi ?

— C'est que... J'ai bien réfléchi, commença courageusement Jessica, et il me semble que tous les postes sont pourvus.

— Mais ce n'est pas juste ! s'écria Tamara. J'ai plein de bonnes idées pour la vitrine de notre boutique. »

Jessica, peu désireuse d'entamer une nouvelle querelle, décida qu'il serait plus confortable de céder.

« C'est bon, dit-elle. Tu seras directrice de la représentation et de la mise en vitrine. »

Aussitôt, Betsy bondit de son siège.

« Et moi, alors ? Il n'y a pas de raison que je reste simple employée si Tamara est directrice de la mise en vitrine !

— Ecoute, Betsy, j'ai déjà dit que tous les postes étaient pourvus... Mais bon, je peux créer un nouveau poste pour toi. Tu

seras directrice du service... du service supervision.

— Qu'est-ce que c'est ? » fit Betsy d'un air inquiet.

« Supervision » sonnait moins bien que « représentation et mise en vitrine », et elle craignait d'avoir été lésée par rapport à Tamara.

« Ça veut dire que tu dois apporter de bonnes idées, toi aussi, expliqua Jessica sans trop réfléchir.

— Et nous ? demande Charlie Cashman. On a abattu un travail fou pour construire ce stand ! On a bien le droit d'être directeurs nous aussi !

— Très bien ! s'exclama Jessica à bout d'arguments. Vous serez directeurs du service construction. »

Enchantés, les deux garçons retournèrent à leurs outils. Le reste du groupe s'assit autour d'une table pour décider de la suite des opérations.

« Je pense que nous devrions ranger les vêtements par taille, commença Tamara. Ensuite nous fixerons les prix. Il nous faudra une caisse. Nous devrons aussi tenir des livres de comptes...

— Oh ! là ! là ! grogna Lila. C'est vraiment la barbe, les livres de comptes. Qui est bon en maths ?

— Pas moi, dit Jessica, mais Betsy et Tom pourront s'en occuper. Lila et moi, nous allons faire des affiches publicitaires. Il faut informer le client sur les produits proposés par *La Griffe de Sun Valley*... Mais qui va s'occuper du statut financier de l'entreprise et de l'étude de marché ?

— Sûrement pas moi ! fit Lila. Ce n'est pas le travail d'une directrice adjointe. »

Jessica fronça les sourcils.

« Mais moi aussi, je suis directrice ! s'exclama Tamara derrière une pile de vêtements.

— Et moi aussi, ajouta Betsy.

— Il y a un problème... » commença Jessica.

Elle avait l'impression que la situation lui échappait.

« Faisons une petite pause, proposa Lila. On a assez travaillé comme ça. »

Son idée suscita un enthousiasme immédiat. Tout le monde cessa de travailler et de petits groupes se formèrent. Les bavardages allaient bon train.

« Dis-moi, Jessica, fit Lila, est-ce que ça tient toujours pour demain soir ?

— Non, hélas ! Je dois aller à ce banquet débile organisé par l'équipe de basket de Steve.

— Quelle horreur ! remarqua Lila d'un air compatissant.

— Enfin heureusement, la fête de Barbara approche. Tu crois que le sous-sol de sa villa est assez grand pour recevoir tout ce monde ?

— Bien sûr. »

Jessica s'illumina, bercée par une douce rêverie.

« Peut-être que Tom MacKay m'invitera à danser... murmura-t-elle.

— Il est vraiment adorable, non ? » renchérit Lila.

A ce moment, Ellen, qui venait d'arriver, intervint dans la conversation.

« Qui est adorable ? » demanda-t-elle d'une voix forte.

Jessica rougit violemment et jeta un regard à travers la pièce. Elle espérait au moins que Tom n'avait pas entendu ! Lila répondit à Ellen d'un air confidentiel, et les trois amies pouffèrent de rire.

Les deux heures restantes passèrent très vite, et lorsque Mme Wyler revint dans son bureau, elle trouva ses élèves en train de rire et de bavarder.

« Combien d'affiches avez-vous dessinées ? » demanda-t-elle sévèrement.

Lila leva la tête, l'air un peu embarrassée.

« Nous en avons presque terminé une.

— En deux heures, une seule affiche ! s'exclama Mme Wyler. J'espère au moins que tous les vêtements sont triés et étiquetés. Avez-vous commencé à établir votre étude de marché ?

— Euh, presque », répondit Jessica.

En vérité, rien n'avait été fait. Lorsqu'elle suivit Mme Wyler pour vérifier le travail du reste du groupe, elle s'aperçut que les autres n'avaient pas fait mieux. Le stand était à peine ébauché. Le comité de construction, ayant décrété une longue pause, échangeait ses impressions sur les nouveaux jeux vidéo.

Mme Wyler se tourna vers Jessica.

« Ton rôle de P.-D.G. est de veiller au bon fonctionnement de l'équipe. C'est à toi de t'assurer que le travail se fait. »

Jessica rougit d'indignation. Etait-ce sa faute si cette bande de paresseux refusait de travailler ?

A la sortie du collège, elle retrouva sa sœur qui l'attendait sur la pelouse.

« Alors, demanda Elizabeth, comment marche ta société ? Nous, nous avons travaillé comme des fous cet après-midi, j'ai tellement hâte que le livre soit fini...

— Ça va, calme-toi... » geignit Jessica.

Elizabeth lui jeta un regard étonné.

« Qu'est-ce qui t'arrive ? Quelque chose ne tourne pas rond ?

— Nous n'avançons pas. J'ai distribué les postes de directeurs à qui les voulait, et malgré tout, rien ne se passe comme il faudrait.

— C'est embêtant, Jess. Tu sais que papa et maman comptent sur une bonne note.

— Tu penses si c'est embêtant, grogna Jessica. Je croyais que ce serait amusant d'être P.-D.G., mais au fond ça ne m'apporte que des tracas. »

Elles rentrèrent lentement chez elles. Au dîner, lorsque la famille Wakefield fut rassemblée autour de la table, M. Wakefield posa la question rituelle :

« Alors, comment vont mes petites capitalistes débutantes ? »

Jessica regardait obstinément son assiette. Elizabeth vint à son secours.

« Très bien, papa, s'empressa-t-elle de

répondre. Mon groupe a déjà choisi les textes que nous allions publier, et plus de la moitié ont déjà été tapés à la machine. Demain, nous finirons de les mettre au propre, et lundi, M. Bowman nous aidera à les photocopier. Ensuite nous relierons chaque exemplaire. Et puis nous avons trouvé le titre : *La Revue de Sun Valley.*

— Excellent ! déclara M. Wakefield. J'ai hâte d'avoir ce chef-d'œuvre entre les mains. Et toi, Jessica, est-ce que le travail avance bien dans ton groupe ? »

Jessica releva à peine la tête.

« Super », grommela-t-elle.

Puis, soudain inquiète à l'idée que sa belle idée de boutique fasse chou blanc, elle reconnut :

« Enfin j'espère que tout va bien se passer, mais nous avons eu quelques problèmes. »

Cet aveu la soulagea. Levant la tête, elle rencontra le regard de son père : il ne semblait pas en colère, simplement inquiet.

« Quels problèmes ? demanda-t-il.

— Eh bien d'abord, tout le monde a voulu être directeur adjoint de quelque chose. Alors j'ai nommé Lila, Betsy, Tamara, Jerry et Barbara. Mais ensuite, quand Mme Wyler nous a demandé de tenir des livres de comptes, de faire une étude de marché, d'étudier les moyens de diffusion, personne n'a voulu s'en charger. Ils ont tous dit que ce n'était pas un travail de direction. »

Un éclat de rire étouffé l'interrompit. Steve, la main devant sa bouche, croassa :

« Quel P.-D.G. minable tu fais ! Ce n'est plus une entreprise, c'est une pyramide renversée.

— Steve n'a pas tort, intervint M. Wakefield avec un sourire. On dirait que ta société est un peu déséquilibrée.

— Mais pourquoi ?

— Parce que tu as plus de cadres que d'employés. Cela ne doit pas te faire oublier que tes responsabilités sont proportionnelles à ta place dans la hiérarchie.

— Qu'est-ce que tu veux dire ?

— C'est simple. Ton rôle de P.-D.G. est de veiller à ce que tout le monde fasse son travail. Même les directeurs. »

Jessica soupira, l'air pensif.

« Ce n'est pas aussi amusant que je le croyais. Qu'est-ce que je dois faire, maintenant ?

— Donner du travail à tes directeurs, répondit son père. Et montrer l'exemple en travaillant dur toi-même. »

Ce conseil n'était pas très agréable, mais Jessica comprit que son père lui avait donné la seule solution.

« C'est ce que je vais faire », répondit-elle d'un ton morne.

Steven se tenait les côtes.

« Jessica va travailler, gloussa-t-il. Le collège de Sun Valley ne s'en remettra jamais ! »

Sa sœur lui jeta un regard noir.

« Attends un peu d'avoir vu ce dont je suis capable », répliqua-t-elle.

Dès le lendemain, elle tint parole.

« Aujourd'hui, pas de blagues, dit-elle à son groupe. Il faut se donner du mal. Je veux que d'ici la fin de la journée le stand soit peint, les vêtements triés et étiquetés, la caisse prête et toute la paperasse au moins commencée. Et que *tout le monde* mette la main à la pâte.

— Mais moi, je ne veux pas peindre, pleurnicha Lila. Je vais tacher ma robe.

— Tu n'as qu'à trier les vêtements », répliqua Jessica.

Lila s'assit devant la pile de vêtements, l'air morose.

Finalement, sous la surveillance sans faille de Jessica, le travail s'accomplit de manière satisfaisante. Au moment de partir, le stand était prêt, les vêtements triés et une demi-douzaine d'affiches publicitaires s'étalaient sur les tables.

Elizabeth découvrit sa sœur en train de coller une de ces affiches dans le couloir.

« Te voilà enfin, dit-elle. Je t'ai cherchée partout !

— J'avais des affiches à coller, fit Jessica d'un air important. Tout le monde doit savoir quelles merveilles nous allons mettre en vente la semaine prochaine. »

Elizabeth étudia l'affiche.

« C'est très réussi, jugea-t-elle.

— Merci, fit Jessica avec un sourire. Je suis bien contente que toutes les affiches soient finies. Maintenant il faut que je travaille sur le plan de transport fictif de

notre produit. J'avais pensé que tu pourrais peut-être m'aider ?

— Désolée, petite sœur, j'ai tout mon travail à faire. Puisque je suis bonne en maths, mon groupe m'a confié le rapport financier.

— Nous aussi, on a un rapport financier à faire. C'est Tom MacKay qui s'en charge. Mais toi, Lizzie, tu n'auras pas trop de travail tant que tu ne sauras pas combien de bouquins vous aurez vendus. »

Elizabeth fut heureusement surprise par cette remarque.

« En effet, Jess. Je ne te croyais pas si savante ! Mais nous avons déjà les frais de papier et de photocopies. Je dois aussi noter combien d'exemplaires nous allons mettre en vente et quels profits nous attendons de la vente. Je n'aurais jamais cru que les affaires soient une chose si compliquée !

— Moi non plus, répondit Jessica. Mais pour en revenir à mon plan de transport... »

Elizabeth éclata de rire.

« Décidément, tu ne perds pas le nord ! dit-elle avec affection. C'est bon, je t'aiderai, mais il faut d'abord que tu ailles chercher les horaires des cars à la gare routière.

— Oh, zut ! Quand est-ce que je peux faire ça ? »

Elizabeth réfléchit un instant.

« Je sais ! s'écria-t-elle soudain. Maman doit m'emmener à ma leçon d'équitation demain. Ensuite, elle n'aura qu'à te conduire à la gare routière !

— Bon, grommela Jessica. Mais je devais aller chez Lila... C'est déjà assez la barbe de rater la séance de cinéma pour aller à ce banquet débile ! »

Elizabeth eut l'air choquée.

« Tu n'es donc pas fière des succès de Steven ? Allons, je suis sûre que nous nous amuserons bien à ce banquet. D'ailleurs, il y aura tous les beaux garçons du lycée...

— C'est vrai, fit rêveusement Jessica. Je pourrai peut-être revoir Josh... »

Elizabeth hocha la tête. L'amitié que Jessica avait nouée avec ce garçon plus vieux qu'elle, même si elle était restée secrète, lui avait causé de nombreux ennuis.

« Tu ne vas tout de même pas...

— Ne t'en fais pas, interrompit Jessica.

Ce serait simplement pour lui dire bonjour. Allons, rentrons à la maison.

— Tu devrais d'abord jeter un coup d'œil à ton casier, suggéra Elizabeth avec un sourire mystérieux.

— Pour quoi faire ?

— Tu verras bien... »

Lorsque Jessica ouvrit son casier, une grande enveloppe rouge en tomba.

« Qu'est-ce que c'est ? demanda-t-elle.

— Ouvre-la donc, nunuche ! répliqua Elizabeth en riant. C'est l'invitation pour la fête de Barbara. J'ai déjà reçu la mienne. Tu es contente, non ?

— Oh... Je savais déjà que nous étions invitées, fit Jessica d'un ton hautain, mais ses yeux brillaient de joie.

— Eh bien moi, je ne le savais pas. Barbara a dit à Amy qu'elle avait admis très peu de sixièmes à sa fête alors qu'elle a invité *tous* les cinquièmes. C'est sa mère qui y tenait.

— Ça va être la plus belle fête de l'année ! s'exclama Jessica. J'ai hâte d'y être ! »

Chapitre 11

Dylan MacKay rentrait chez lui tout seul, traînant des pieds sur le trottoir poussiéreux et repensant à cette journée désastreuse. Tout avait commencé à l'heure du déjeuner. Lorsque Dylan était entré dans la cafétéria, les élèves qui faisaient la queue ne parlaient que d'une chose : la fête de Barbara Haver.

Dylan connaissait à peine Barbara et la perspective de cette fête ne lui disait rien. Mais au moment de s'asseoir pour manger, il s'aperçut que même les élèves attablés à côté de lui étaient invités et qu'ils en discutaient entre eux.

Enfin après les cours, lorsqu'il avait été chercher ses affaires dans son casier, il avait rencontré un groupe de ses camarades occupés à décrire les cadeaux qu'ils allaient apporter à Barbara pour son anniversaire.

« C'est vraiment génial ! disait Betsy Gordon. Ça va être la plus grande fête de l'année.

— Ah oui, avait répondu Tamara Chase. Et *tout le monde* sera là ! Barbara a invité absolument tous les cinquièmes et aussi quelques sixièmes. J'ai tellement hâte d'y être ! »

Personne ne s'était aperçu que Dylan écoutait, mais il avait retenu chaque mot de cette conversation. Le cœur battant, il ouvrit le cadenas de son casier, hésitant à regarder à l'intérieur.

Mais lorsque la porte de métal s'ouvrit, une vague d'amertume le submergea. A l'intérieur du casier, il n'y avait que ses vieux livres, un magazine et des vêtements de sport froissés. Pas d'invitation.

« Qu'est-ce que ça a d'étonnant ? se dit-il. Il faudrait être dingue pour vouloir de moi à une fête. D'ailleurs je m'en fiche. »

Mais en vérité il était profondément blessé. La voix de Tamara résonnait encore à ses oreilles : « Barbara a invité absolument tous les cinquièmes... »

C'était l'humiliation suprême. Le fait de savoir qu'il était le seul exclu avait achevé le pauvre Dylan.

Il arrivait en vue de sa maison lorsqu'il aperçut son frère Tom, une raquette de tennis à la main, qui s'entraînait à lancer sa balle contre le mur du garage.

« Salut, Dylan ! s'exclama-t-il joyeusement. Comment marche ton groupe de travail ?

— Pas mal.

— Prêt pour le grand jour ?

— Oui, notre livre sera imprimé à temps. »

Tom éclata de rire.

« Mais non, idiot. Je veux parler de la fête chez Barbara. Ça va être le délire, d'après ce qu'on m'a dit ! »

Dylan marmonna quelque chose, les yeux rivés au sol. Même Tom avait entendu parler de cette fête !

« Il faut que nous achetions un cadeau à Barbara, reprit Tom en frappant dans sa balle. Tu as une idée ? »

Dylan était devenu écarlate.

« Quoi ? Tu as reçu une invitation ? fit-il d'une voix étranglée.

— Hé, oui, répondit fièrement Tom. Je fais partie des quelques sixièmes privilégiés qu'elle a décidé d'inviter. »

Cette fois, Dylan ne put rien répondre. Sa gorge semblait paralysée et un flot de rage soudaine lui faisait battre le cœur. Barbara avait invité son petit frère et l'avait laissé de côté, lui !

« On va bien s'amuser », conclut Tom avec insouciance. Absorbé par son jeu, il n'avait pas remarqué la grimace de désespoir qui déformait le visage de son frère.

Dylan ne pouvait se résoudre à confesser la vérité. Il avait subi trop de revers ce jour-là sans ajouter une nouvelle cause d'humiliation à toutes ses souffrances. Toujours muet, il entra dans la maison.

Sa mère était dans la cuisine en train de préparer un gâteau au chocolat. De temps en temps, elle jetait un coup d'œil par la fenêtre pour regarder Tom.

« Bonjour, Dylan, dit-elle. Comment s'est passée ta journée ? »

Elle avait parlé d'un air distrait, et avant même que Dylan ait eu le temps de répondre, elle enchaîna :

« Ton frère fait des progrès quotidiens en tennis. Je suis très fière de lui.

— Bien sûr... » grommela Dylan.

Pourquoi sa mère se serait-elle comportée différemment des autres ? Elle aussi n'avait d'yeux que pour Tom.

Dylan courut dans sa chambre et claqua la porte derrière lui. Personne ne l'aimait, ni ses camarades de classe, ni même sa propre famille. C'était Tom, dont les parents étaient si fiers, que tout le monde chérissait.

« Si je disparaissais, personne ne s'en rendrait compte », songea amèrement Dylan.

Soudain une idée se précisa dans son esprit. C'était ce qu'il devait faire : s'enfuir, disparaître de Sun Valley. Mais lorsqu'il regarda par la fenêtre, il frissonna. La nuit commençait à tomber. Il n'aurait pas le

courage de se retrouver tout seul, sans ressources, dans le noir.

Pourtant l'idée n'était pas si mauvaise. Il allait s'enfuir pour de bon. Il lui fallait juste un peu de temps pour se préparer.

Le samedi après-midi, il était facile de sortir de la maison sans se faire remarquer. Tom avait sa leçon de tennis et Mme MacKay allait faire ses courses. Dylan enfourcha sa bicyclette et se rendit à la gare routière.

Il avait tout prévu. Il achèterait un billet pour Los Angeles et une fois arrivé là-bas, dans une aussi grande ville, il pourrait mentir sur son âge et trouver du travail. Personne ne le retrouverait jamais... et d'ailleurs personne ne songerait même à le chercher. A cette idée, il ressentit une nouvelle vague d'amertume.

Mais devant le guichet, une déception supplémentaire l'attendait.

« Je voudrais un billet pour Los Angeles, dit-il.

— 14 dollars 50 », répondit l'employé sans lever les yeux.

Dylan s'empourpra. Il n'avait pas assez d'argent !

« Euh... j'ai oublié quelque chose. Je reviendrai plus tard », balbutia-t-il.

Au comble du désespoir il se mit à marcher de long en large dans la gare. Que faire ? Finalement, il décida d'attendre le vendredi suivant. Il aurait reçu son argent de poche du mois et cela suffirait à payer le billet.

Pour comble de chance, le vendredi suivant était le jour de la fête chez Barbara.

Parfait. Pendant que tout le monde s'amuserait, on ne songerait pas à remarquer l'absence de Dylan.

Une fois cette décision prise, il s'apprêtait à remonter sur sa bicyclette lorsqu'il se trouva nez à nez avec Jessica Wakefield qui se dirigeait vers le guichet.

Dylan eut l'impression que la foudre lui était tombée dessus. Il regardait Jessica, pétrifié et muet.

« Salut ! fit-elle distraitement. Qu'est-ce que tu fais ici ?

— Je... euh... »

Dylan balbutiait, incapable de prononcer une phrase. Sa confusion éveilla la curiosité de son interlocutrice. Elle s'approcha de lui et insista :

« Tu pars en voyage ?

— Ben oui, expliqua lentement Dylan en rassemblant ses esprits. Je dois aller voir ma tante à San Francisco. Enfin, euh... la semaine prochaine. »

La curiosité de Jessica s'était déjà dissipée, mais Dylan était trop troublé pour s'en rendre compte. Tout en ramassant les horaires de bus, elle répondit :

« Super. Et tu es déjà allé là-bas ? »

Dylan sursauta.

« Où ça ?

— Mais à San Francisco, voyons !

— Euh... non, enfin, je veux dire : oui, mais pas depuis longtemps. »

Jessica décida qu'il était impossible de dialoguer avec ce garçon, jeta les horaires dans son sac et prit congé. Dès qu'elle eut passé la porte, elle cessa de penser à Dylan et à ses réactions bizarres.

Mais Dylan, quant à lui, demeura accablé par cette rencontre. Il connaissait trop mal Jessica pour se douter qu'elle allait penser à autre chose dès qu'elle aurait tourné les talons. Il tremblait nerveusement. Jessica avait-elle soupçonné quelque chose ? Allait-elle en parler aux autres ?

Un instant, il songea à abandonner son plan. Mais bientôt sa volonté de s'enfuir reprit le dessus. Personne ne voulait de lui à Sun Valley, c'était la seule solution. Tant pis pour Jessica, il fallait prendre le risque.

Il ne lui restait plus qu'à rentrer sans se faire remarquer. Il courut chercher son vélo devant la gare, l'enfourcha et pédala furieusement jusque chez lui.

Chapitre 12

Le lundi suivant, Dylan ne s'était pas présenté à la réunion de son groupe de travail. Le lendemain, à l'heure de la réunion, Elizabeth le trouva assis dans un coin de la bibliothèque.

« Salut, Dylan. Tu nous a manqué hier. On a vraiment besoin de quelqu'un pour nous aider à assembler les livres. Viens donc ! »

Dylan la suivit sans se préoccuper des regards louches que lui lançaient les autres membres du groupe. Il ne parla à personne mais abattit sa part de travail avec ardeur.

Les textes des élèves avaient tous été tapés et photocopiés, et il ne restait plus qu'à les relier entre deux couvertures de carton illustrées.

« Ce sera bientôt fini, se disait Dylan en assemblant les feuilles imprimées. Vendredi sera le grand jour ! »

Cette pensée l'aida à supporter sa dernière semaine à Sun Valley. Au collège, tout le monde s'affairait avec bonne humeur. Du mercredi au vendredi, l'heure du déjeuner avait été rallongée pour que les groupes de travail puissent présenter leurs stands et vendre leurs produits.

La Revue de Sun Valley eut un succès immense. Dylan, voyant les élèves se presser autour de son stand, eut une bouffée de fierté à l'idée qu'il était pour quelque chose dans cette entreprise. Même Tom en avait acheté un numéro.

« Votre revue est superbe, dit-il à son frère. La seule chose que je lui reproche, c'est qu'il n'y a aucun texte de toi. Pourquoi n'as-tu rien proposé ? Elizabeth m'a dit qu'elle aurait aimé t'inclure mais que tu ne lui as rien donné à lire. Elle trouve que tu écris très bien, tu sais. »

Dylan fronça les sourcils. Comment Elizabeth Wakefield pouvait-elle porter un jugement sur sa façon d'écrire ? Il se souvint brusquement qu'elle avait lu son texte sur la liberté d'expression. Mais elle l'avait quand même jeté à la poubelle. Quelle hypocrite !

« J'aimerais bien aller voir d'autres stands, reprit Tom. Le groupe D a fabriqué un jeu de société dont toutes les questions portent sur le collège, et il me reste encore

cinq dollars à dépenser. Ensuite il faudra que j'aille faire le vendeur dans mon stand. Tu veux venir voir nos vêtements ? Il y en a de très beaux.

— Non, merci », répondit simplement Dylan.

Il avait été si malheureux toute cette semaine qu'il en avait perdu le goût de s'amuser. Les autres pouvaient bien acheter et vendre des coussins, des vêtements ou des gâteaux secs, il s'en moquait.

Le vendredi tant attendu finit par arriver. Dylan passa sa journée à regarder la pendule. Lorsque la cloche sonnerait, il courrait à la gare routière. Il avait maintenant assez d'argent pour acheter son billet de bus, mais sa résolution avait un peu faibli. L'idée de se retrouver seul, loin de sa famille, lui causait une angoisse bizarre au creux du ventre.

Mais s'il cherchait un moyen de s'accrocher obstinément à son projet de fugue, il n'avait qu'à tendre l'oreille. Toute la classe ne parlait que d'une chose : la fête de Barbara. Dès que le professeur tournait le dos, les conversations allaient bon train.

« Je lui ai acheté le dernier album de Johnny Buck, disait Betsy Gordon.

— Et moi, un pingouin en peluche mignon comme tout, répondit une autre fille. Vivement ce soir ! Je n'en peux plus d'attendre. »

A l'heure du déjeuner, Dylan traînait le pas dans le couloir, redoutant de rencontrer les regards hostiles ou indifférents de ses camarades.

A la porte de la cafétéria, il entendit un groupe d'élèves de quatrième qui commentaient les résultats du concours de nouvelles.

« C'est chic ! disait une fille. Le grand gagnant est un élève du collège de Sun Valley. Nous avons de quoi être fiers !

— Tu as raison, répondit son amie. Mais est-ce que tu le connais, toi, ce MacKay ?

Dylan se précipita dans la cafétéria, les yeux brûlants de larmes retenues. Comme la vie pouvait être injuste ! Tom, non content d'être un athlète et une personnalité du collège, avait même raflé le premier prix du concours !

Tout le collège allait bientôt être au courant, les élèves ne parleraient plus que de Tom MacKay, et ses parents auraient une nouvelle raison d'être fiers de leur fils cadet. Dylan pouvait bien s'enfuir, personne ne s'en rendrait compte.

« Voilà qui arrange bien mes affaires », se répétait-il obstinément.

Mais alors, pourquoi se sentait-il si malheureux ?

Il décida de sauter le déjeuner. Il n'en pouvait plus d'entendre parler de la fête de Barbara, ou des succès de Tom. Les fauteuils de la bibliothèque lui offriraient un refuge jusqu'à la reprise des cours.

Pendant ce temps, Elizabeth remerciait les membres de son groupe de travail qui l'avaient aidée à vendre les derniers livres et à mettre ses comptes à jour. Tous les exemplaires de la *Revue de Sun Valley* avaient été vendus, ils avaient de quoi être fiers.

« Je parie que nous allons recevoir la meilleure note, dit Amy en s'essuyant les mains. M. Bowman a l'air drôlement content.

— Ne chantons pas victoire trop vite, répliqua Elizabeth. Les autres groupes ont fait du bon travail, eux aussi.

— Mais personne n'a rien vendu d'aussi passionnant que notre *Revue,* répliqua son amie. Ma mère s'est littéralement jetée sur l'exemplaire que j'ai rapporté à la maison.

— Mes parents ont eu la même réaction. Ils ont été très fiers de notre travail.

— Il reste une heure avant la reprise des cours. Tu veux qu'on aille faire un tour ?

— Non merci, Amy. Je n'ai pas encore eu le temps de visiter les autres stands, j'aimerais bien y aller. »

Amy décida de suivre Elizabeth, et toutes deux se dirigèrent vers le magasin de Jessica.

A leur grande surprise, elles trouvèrent le stand de *La Griffe de Sun Valley* pratiquement désert. Jessica était assise sur un tabouret, l'air morne.

« Ça a bien marché, constata Amy. Tu n'as presque plus rien en rayon ! »

En effet, les présentoirs étaient vides, à l'exception de quelques bijoux et des moins beaux vêtements qui étaient restés en plan.

« C'est super, Jess ! ajouta Elizabeth avec chaleur. Vous allez avoir une bonne note. »

Jessica tripotait nerveusement un bouton de son chemisier. Elle désigna la caisse presque vide et répondit avec gêne :

« Ça n'a pas si bien marché que ça...

— Je ne comprends pas, reprit Elizabeth. Qu'est-ce qui t'est arrivé ? »

En se penchant, elle découvrit un amas de sacs sous le comptoir et son sourire se figea.

« Qu'est-ce que c'est que tous ces sacs ? »

Jessica rougit.

« Eh bien... Le chemisier de Tamara me plaisait, et elle voulait mon écharpe rose, alors on les a échangés. Ensuite Lila a proposé son pull en échange des boucles d'oreilles de Barbara, et... »

Elizabeth était partagée entre le fou rire et la consternation.

« Mais Jess, c'est de la folie ! Si les filles de ton groupe gardent les plus beaux articles pour elles, vous ne vendrez jamais rien ! Comment veux-tu faire de l'argent avec une boutique à moitié vide ? »

Jessica se rembrunit. Pendant quelques minutes, elle eut même l'air fâchée contre sa sœur, puis elle se leva d'un bond et vida le contenu des sacs dans les présentoirs. Avisant deux élèves de sixième qui passaient devant le stand, elle leur cria :

« Hé ! Venez voir les magnifiques vêtements que nous avons à vendre ! »

Les deux filles s'avancèrent, bientôt suivies par d'autres. Jessica se tourna vers sa sœur.

« Est-ce que tu peux t'occuper du stand quelques instants ? Je ne serai pas longue.

— Bien sûr. Qu'est-ce que tu vas faire ?

— Chercher le reste de mon groupe. J'ai deux mots à dire à mes directeurs ! »

Elizabeth et Amy éclatèrent de rire, et Jessica fendit la foule. Les nouvelles marchandises avaient attiré tant de clients que les deux amies eurent fort à faire pour satisfaire tout le monde avant le retour de la patronne. Vingt minutes plus tard, il ne restait plus que quelques articles qu'Elizabeth proposa de solder. Jessica barra d'un trait rouge le prix précédent et le baissa de 30 %. Grâce à ce dernier effort, le reste du stock partit en un clin d'œil.

Pendant que Jessica mettait à jour ses livres de comptes, sa sœur s'en alla déjeuner à la cafétéria où Amy et Julie l'attendaient.

« Quelle matinée ! s'exclama-t-elle en posant son plateau. Je meurs de faim.

— Tu as entendu la nouvelle ? fit Julie. Mme Pauley quitte le collège. Ça veut dire que nous allons avoir un nouveau prof. »

Amy leva la tête de son assiette, les yeux brillants.

« J'ai encore mieux ! déclara-t-elle. Devinez qui a gagné le grand concours de nouvelles ? Un élève de Sun Valley. »

Elizabeth faillit s'étouffer avec son hamburger.

« Qui ça ? s'écria-t-elle.

— Dylan MacKay ! Incroyable, non ? Moi, j'aurais juré que ce serait toi la gagnante, Elizabeth. Ou à la rigueur, Tom MacKay. Mais Dylan...

— Eh bien moi, j'ai lu son texte. Il était excellent. »

Elizabeth parlait d'une voix étranglée. Bien sûr, elle aurait aimé gagner le concours elle-même. Mais elle savait que la nouvelle de Dylan était la meilleure, et ce succès était bien plus important pour lui.

Mais soudain, elle se souvint des circonstances dans lesquelles le texte avait été envoyé. Elle n'avait toujours pas prévenu Dylan !

« Oh, non ! s'exclama-t-elle.

— Qu'est-ce qui t'arrive ? demanda Amy. Tu es triste de ne pas avoir gagné ?

— Ce n'est pas ça. Mais je n'ai pas prévenu Dylan que j'avais envoyé son texte !

— Quoi ? » s'écrièrent Amy et Julie d'une seule voix.

Elizabeth avait négligé de leur raconter toute l'histoire. Elle avait eu tant à faire avec sa société d'édition...

« Je vous expliquerai plus tard, dit-elle en se levant. Il faut absolument que je retrouve Dylan. J'espère qu'il n'est pas trop en colère...

— Mais enfin, il ne peut pas être en colère ! fit remarquer Julie. Il a gagné ! »

Elizabeth secoua la tête.

« Tu ne le connais pas ! Dylan ne réagit jamais comme tout le monde, expliqua-t-elle. Venez avec moi. Il faut asbolument que je lui parle. »

Chapitre 13

Abandonnant son déjeuner, Elizabeth se leva de table. Tout en parcourant la cafétéria à la recherche de Dylan, elle expliqua à ses deux amies comment elle avait trouvé par hasard le texte de Dylan et pourquoi elle avait décidé de l'envoyer. La cloche sonna avant qu'elles aient pu le trouver.

Elizabeth dut déclarer forfait, mais pendant tout l'après-midi elle ne put se concentrer sur son travail. Les mots de Dylan résonnaient à ses oreilles : « Tu n'as qu'à le jeter à la poubelle... »

Il possédait de grandes qualités littéraires. En était-il au moins conscient ?

Pauvre Dylan... Elizabeth ne pouvait s'empêcher de penser que sa solitude devait lui peser parfois. Il était certainement trop timide pour se faire des amis, et l'exemple de son frère Tom, si sûr de lui, ne devait pas arranger les choses.

Se remémorant l'incident qui avait eu lieu le jour de la proclamation des groupes de travail, elle fit la grimace. Le malheureux Dylan avait essuyé une humiliation publique. Aujourd'hui, il prendrait sa revanche avec cette victoire éclatante au concours de nouvelles.

A la fin de l'heure, Elizabeth courut dans le couloir des cinquièmes. Elle eut juste le temps d'apercevoir Dylan qui attendait devant la porte du cours de sciences. Quelle chance ! Elle allait pouvoir lui parler. Elle accéléra le pas, mais quelqu'un la retint par le bras.

« J'ai justement besoin d'aide ! »

Elizabeth sursauta et découvrit Mme Arnette, les bras chargés de feuilles polycopiées, qui la regardait en souriant.

« Tu vas m'aider à porter ça en classe, dit-elle.

— Oui, madame. »

Comment aurait-elle pu refuser ? Elle prit une pile de feuilles et suivit Mme Arnette.

Elle n'avait plus qu'à attendre la fin des cours pour parler à Dylan. Après tout, cela pouvait bien attendre une heure ou deux.

Mais à la sortie du collège, pas de Dylan.

« Bon sang, se dit Elizabeth, où a-t-il bien pu filer si vite ? »

Etait-il déjà en chemin pour la fête de Barbara ? Elizabeth avisa Jessica qui bavardait avec un groupe de Licornes parmi lesquelles se trouvaient plusieurs élèves de cinquième. Elle les rejoignit.

« Salut, Lizzie, fit Jessica. Devine quoi ! M. Wyler nous a donné un A pour notre projet !

— En vérité, c'est un A- », corrigea Tamara Chase.

Jessica haussa les épaules.

« C'est quand même un A, pas vrai ?

— Oui, Jess, et c'est merveilleux, répondit Elizabeth. Papa et maman vont être fiers de toi.

— J'espère bien ! Et c'est en partie à toi que je le dois. »

Les jumelles échangèrent un regard de connivence. Puis Elizabeth en vint au sujet qui la préoccupait.

« Je cherche Dylan MacKay, dit-elle aux filles. C'est très urgent. Barbara, est-ce que tu penses qu'il est déjà parti chez toi ? »

Barbara se mordit la lèvre. Sans détacher les yeux du sol, elle répondit :

« Ça m'étonnerait. Je... je ne l'ai pas invité.

— Quoi ? »

Elizabeth ne cacha pas sa surprise.

« Mais je croyais que tu avais invité tous les cinquièmes !

— C'est ce que mes parents m'avaient dit de faire... Mais tu vois, Dylan est tellement renfermé, je pensais qu'il n'aurait pas envie de venir de toute façon.

— Dylan n'est pas renfermé, corrigea Elizabeth. Il est tout simplement timide. Qu'est-ce que tu as fait, Barbara ?

— Eh bien, j'ai en quelque sorte "oublié" de lui donner son invitation. »

Tout en parlant, Barbara sortit de son sac une enveloppe rouge au nom de Dylan MacKay.

« Mais c'est affreux ! s'écria Elizabeth. Est-ce que tu imagines comment il a pu prendre la chose ? Il est le seul à ne pas être invité ! »

Barbara rougit et les autres filles baissèrent la tête. Seule Jessica vola au secours de sa camarade.

« Il n'y a pas de quoi en faire un drame, protesta-t-elle. Je suis sûre qu'il s'en fiche. Pourquoi est-ce que tu prends ça au tragique, Lizzie ?

— Je vais te le dire, petite sœur. Tom a des dizaines d'amis alors que Dylan est rejeté par tout le collège. Ne crois-tu pas que ça doit être dur pour lui ?

— Mais non, objecta Jessica. Pourquoi ?

— Réfléchis un peu. Est-ce que tu te souviens du jour où papa et maman étaient si préoccupés par le banquet sportif de Steve ? Et au banquet, quand l'entraîneur a dit que notre frère jouait si bien au basket, tu as failli te mettre en colère. Tu disais que Steve allait avoir la grosse tête.

— Mais c'est vrai ! s'exclama Jessica en secouant ses boucles blondes. Toute la semaine, on n'a entendu parler que des récompenses de Steve. Papa et maman n'avaient que ça à la bouche : et Steve par-ci, et Steve par-là... C'était écœurant ! »

Elizabeth eut un sourire de triomphe.

« Est-ce que tu comprends maintenant comment Dylan doit se sentir ? »

Jessica ouvrit grand la bouche, ébahie.

« Je n'avais jamais pensé à ça », admit-elle.

Les autres filles avaient écouté avec attention. Barbara elle-même avait l'air un peu honteuse.

« Je crois que j'ai eu tort de ne pas l'inviter, dit-elle. Qu'est-ce qu'on peut faire pour réparer ça ?

— Il faut le retrouver et lui donner son invitation, répondit Elizabeth. Tu lui diras que tu l'avais égarée. Ce n'est pas tout à fait vrai, mais ça ira... »

Barbara et Tamara se chargèrent de chercher dans le gymnase pendant que les jumelles inspectaient les couloirs du collège.

Mais malgré leurs efforts, Dylan demeura introuvable.

« Je n'y comprends rien, dit Elizabeth avec découragement. Où est-ce qu'il peut être ? »

Jessica, dont l'élan généreux commençait à s'épuiser, haussa les épaules avec impatience.

« On s'en fiche ! décida-t-elle. D'ailleurs ce type est toujours fourré dans des endroits pas possibles. L'autre jour je l'ai même vu à la gare routière !

— La gare routière ? Mais qu'est-ce qu'il faisait là ? demanda Elizabeth, intriguée.

— Je ne sais plus... Ah si ! Il devait aller voir une tante à San Francisco.

— En plein milieu du trimestre ? C'est bizarre !

— Mais enfin, Lizzie, ce Dylan est complètement bizarre. Allez, il faut que je file. J'ai promis à Barbara de l'aider à tout mettre en place avant l'arrivée des invités. Tu viens ?

— Non, pars la première. Il faut vraiment que je trouve Dylan. »

Jessica désigna Barbara et Tamara qui arrivaient en compagnie de Tom MacKay.

« Tiens, les voilà. Peut-être qu'elles ont trouvé. Alors, les filles, quoi de neuf ?

— Rien du tout, répondit Barbara en secouant la tête. Même Tom ne sait pas où il est. »

Tom avait l'air inquiet. Il salua les jumelles.

« Je ne savais pas que Dylan n'avait pas reçu son invitation. Et moi qui me suis pavané devant lui comme un imbécile ! Je comprends pourquoi il a eu l'air si renfrogné toute la semaine... »

Barbara l'interrompit.

« Il faut absolument que je m'en aille. Mes invités ne vont pas tarder. Tiens, Elizabeth, voici l'invitation pour ton Dylan. Donne-la-lui de ma part quand tu le trouveras. »

Tout en parlant, elle lui tendit l'enveloppe rouge. Jessica fit signe à sa sœur.

« Qu'est-ce que tu fais, Lizzie ?

— Je vais continuer à chercher Dylan. Je vous rejoindrai plus tard.

— Je viens avec toi, déclara Tom. Tu sais, j'ai même appelé à la maison, mais papa et maman ont dit qu'il n'était pas rentré. »

Les autres filles s'en allaient. Elizabeth, entendant cette nouvelle, eut l'air sincèrement catastrophé.

« C'est peut-être très grave... Tom, ma sœur m'a dit qu'elle avait vu Dylan à la gare routière la semaine dernière. Il avait l'intention de se rendre chez votre tante de San Francisco et...

— Comment ? Mais nous n'avons jamais eu de tante à San Francisco ! » s'écria Tom.

Elizabeth sentit un frisson glacé lui parcourir l'échine.

« Je crois que nous ferions bien d'aller voir... » dit-elle d'une voix blanche.

Sans ajouter un mot, ils se mirent tous deux à courir vers la gare.

Chapitre 14

Elizabeth et Tom arrivèrent à la gare routière en un temps record. Lorsque le petit bâtiment de briques apparut au bout de l'allée, Elizabeth se rua vers l'entrée.

Une grande partie des cars de l'après-midi s'apprêtaient à partir. Jouant des coudes parmi une foule d'étudiants chargés de sacs à dos, elle se dirigea vers les guichets. Un instant elle crut apercevoir Dylan mais ce n'était pas lui.

Tom la rejoignit en courant.

« Est-ce que tu le vois ?

— Non. J'espère que nous n'arrivons pas trop tard. »

Son cœur battait à grands coups. Elle avait le pressentiment que quelque chose de grave risquait de se passer.

« Il y a la queue dehors devant un car qui va à Los Angeles, dit Tom. Est-ce que tu veux qu'on aille voir si mon frère s'y trouve ?

— Bonne idée. »

Ils repartirent en courant vers la sortie.

Devant le car en partance pour Los Angeles se trouvaient une famille nombreuse, quelques marins en uniforme, une femme portant son bébé dans ses bras, un vieil homme barbu... et Dylan !

Il s'apprêtait à monter dans le car. Déjà le receveur tendait la main pour lui prendre son ticket, mais Elizabeth, sautant pardessus la barrière, lui agrippa le bras.

« Dylan, arrête ! »

Il se retourna, stupéfait.

« Elizabeth ! Tom ! Qu'est-ce que vous faites-là ?

— C'est plutôt à nous de te poser cette question, répliqua Tom d'une voix sévère. Tu nous as fait une sacrée peur ! Qu'est-ce que tu fabriques, exactement ? »

La femme qui attendait derrière Dylan les observait avec curiosité, son ticket à la main. Derrière elle, un homme se mit en colère.

« Circulez, à la fin ! On va rater le car. »

A contrecœur, Dylan sortit de la file.

Elizabeth respirait posément, cherchant à calmer les battements de son cœur.

« Où est-ce que tu allais comme ça ? » demanda-t-elle.

Face à son frère, Dylan ne pouvait plus mentir. Il marmonna :

« Je voulais faire une fugue. »

Tom bondit. Malgré son air fâché, il était évident que c'était l'anxiété qui le faisait réagir.

« Mais tu es complètement fou ! Quelle idée stupide !...

— Je me disais que vous seriez tous à la fête de Barbara et que personne ne se rendrait compte de mon départ, poursuivit Dylan, les yeux baissés.

— La fête de Barbara ? C'est donc pour ça !... s'exclama Tom. Mais est-ce que tu crois vraiment que je pourrais m'amuser à

une fête débile si mon propre frère est absent ? »

Dylan le regarda droit dans les yeux.

« C'est vrai ? Tu ne t'en ficherais pas ?

— Bien sûr que non, espèce de toqué ! répondit Tom avec affection. Tu es mon grand frère, c'est ce qui compte le plus pour moi. »

Un peu plus détendu, Dylan semblait néanmoins troublé.

« C'est incroyable, murmura-t-il. Je croyais que tout le monde se réjouirait de mon départ. Papa et maman parlent toujours de tes succès, et au collège, personne ne s'intéresse à moi. Je pensais que ce serait mieux de disparaître. »

Elizabeth sortit de sa poche l'enveloppe rouge au nom de Dylan.

« Tiens, dit-elle. Barbara avait oublié de la mettre dans ton casier. Elle te fait dire qu'elle est désolée et qu'elle sera très contente de te voir si tu veux bien venir. »

Dylan regarda l'enveloppe mais il ne fit pas un geste pour la prendre.

« Ce n'est pas vrai, articula-t-il. Elle n'a jamais oublié de la mettre dans mon casier. Elle n'avait tout simplement pas envie que je vienne.

— Tu as raison, admit Elizabeth avec un soupir. Mais la vérité, c'est que Barbara est désolée et qu'elle t'attend à sa fête. Tout le monde t'attend, Dylan.

— Mais pourquoi ? Après tout, c'est Tom que tout le monde aime.

— Bien sûr. C'est facile d'être ami avec Tom, expliqua Elizabeth. Il est toujours souriant, il fait rire tout le monde...

— Et moi je ne suis pas comme ça », compléta Dylan en regardant par terre.

Tom intervint.

« Et alors ? Qui t'a demandé d'être comme moi ? Tu n'as qu'à être toi-même.

— Tom a raison, ajouta Elizabeth. Par exemple, ne crois-tu pas qu'au collège, certaines personnes trouvent Jessica beaucoup plus sympathique que moi ? »

Dylan écarquilla les yeux.

« Vraiment ? » dit-il.

Elizabeth sourit, pensant à Lila et aux autres Licornes.

« Bien sûr, reprit-elle. Jessica aime s'amuser, bavarder et organiser des fêtes. Moi, je suis plus sérieuse. Certaines diraient même que je suis... barbante ! Mais ce n'est pas parce que je suis différente de Jessica que je ne vaux rien. J'ai mes propres amies. »

Dylan demeurait muet.

« C'est à toi de faire un petit effort, continua Elizabeth. Comment veux-tu que les gens te découvrent si tu fais toujours la tête ? Tu n'as pas besoin d'imiter Tom.

Montre-nous simplement combien tu peux être charmant. »

Sous les regards croisés d'Elizabeth et de son frère, Dylan s'empourpra.

« C'est plus facile pour Tom d'être charmant, protesta-t-il. Moi, je ne suis qu'un bon à rien.

— Ce n'est pas vrai ! s'écria Tom.

— Tu oublies le concours ! renchérit Elizabeth.

— Quel concours ? De quoi voulez-vous parler ?

— Mais du concours de nouvelles que tu as gagné ! dit Tom.

— Moi ? Mais non... Je croyais que c'était toi ! D'ailleurs c'est impossible. Je n'ai pas envoyé mon texte. »

Elizabeth blêmit. Se balançant d'un pied sur l'autre, elle se força aux aveux.

« Dylan, c'est moi qui ai posté ton texte. Il était trop bien, je n'ai pas pu le jeter. J'espère que tu ne m'en veux pas trop...

— Je ne peux pas le croire, murmura Dylan. Tout le monde disait que Tom avait écrit un excellent texte.

— Eh bien, le tien était meilleur, fit Tom. La preuve en est que tu as gagné. Je suis très fier de toi. »

Elizabeth retint son souffle. Les deux frères se regardaient solennellement. Puis, au même instant, leurs visages s'éclairèrent d'un sourire. Tom donna à Dylan une grande tape dans le dos.

« Vive mon grand frère ! s'écria-t-il.

— Alors, suggéra Elizabeth, est-ce que nous allons chez Barbara maintenant ? Tous les cinquièmes attendent le nouveau Dylan MacKay !

— Allons-y », répondit Dylan avec confiance.

Une énergie inconnue s'était emparée de lui. Il se sentait fort et heureux. Avec un frère comme Tom et une amie comme Elizabeth Wakefield, comment pouvait-on encore se sentir abandonné ?

« Attention, Sun Valley. Nous voilà ! »

Dylan et Tom MacKay arrivèrent à la villa des Haver avec à peine une demi-heure de retard. Elizabeth, qui avait pris le temps de rentrer déposer ses livres chez elle, les avait précédés. Barbara se précipita pour accueillir les retardataires.

« Bon anniversaire ! lui dit Tom en lui tendant un paquet enrubanné. Voici un cadeau de notre part à tous les deux. »

Et sur ce, il cligna de l'œil en direction de son frère.

Barbara reçut le cadeau avec un sourire radieux, d'abord en direction de Tom puis de Dylan.

« Merci à vous deux, répondit-elle. Dylan, je suis vraiment désolée pour cette stupide histoire. Ton invitation était restée au fond de mon sac et je ne m'en étais pas aperçue. Je suis très contente que tu sois venu. »

Estomaqué par l'aplomb avec lequel Barbara débitait son mensonge, Dylan sourit. Elle poursuivit :

« C'est vraiment génial d'avoir le grand gagnant du concours de nouvelles parmi mes invités. Tu vas avoir ta photo dans tous les journaux ! Viens donc nous raconter ça... »

L'attrapant par le bras, elle l'entraîna avec elle au beau milieu des invités.

Tom, demeuré seul, sourit en direction d'Elizabeth.

« Et voilà, plaisanta-t-il, c'est à mon tour d'être délaissé. »

Elizabeth se mit à rire. Il n'y avait pas de danger que Tom se retrouve tout seul ! Mais il était bien agréable de voir Dylan entouré de nouveaux amis, racontant avec une aisance jusque-là inconnue les détails de sa participation au concours. Un sourire rayonnant éclairait son visage et lui donnait l'air à la fois plus beau et plus âgé qu'auparavant.

Jessica fit irruption auprès de sa sœur, interrompant le cours de ses pensées.

« Lizzie ! s'exclama-t-elle. Où étais-tu partie ? Qu'est-ce qui se passe ici ? Pourquoi est-ce que tout le monde est agglutiné autour de Dylan ?

— Tu sais bien. Il a gagné le concours de nouvelles...

— Ah ouais, fit Jessica avec une petite grimace. Ce n'est que ça ! »

Elizabeth éclata de rire.

« Moi je trouve *ça* fabuleux ! Je suis très impressionnée. »

Mais déjà Jessica se souvenait de la nouvelle passionnante qu'elle était venue colporter.

« Est-ce que tu es au courant ? Mme Pauley s'en va. Caroline Pearce raconte que le nouveau prof sera un homme ! J'espère qu'il sera séduisant...

— Jess, qu'est-ce que ça peut te faire ? Tu es incroyable. Qu'il s'agisse d'un homme ou d'une femme, ça n'a aucune importance. Je suis sûre que ce nouveau prof sera sympa, quoi qu'il en soit. »

A quoi ressemblera le nouveau professeur ? Vous le saurez en lisant le prochain épisode des « Jumelles de Sun Valley » :

Championnes, les jumelles

IMPRIMÉ EN FRANCE PAR BRODARD ET TAUPIN
Usine de La Flèche, 72200.
Dépôt légal Imp. : 6185N-5 – Edit : 5167.
20-20-8495-03-2 – ISBN : 2-01-018359-2.
Loi n° 49-956 du 16 juillet 1949 sur les publications destinées à la jeunesse.
Dépôt : juin 1996.